KB062896

내가
덕후
라고?

내가 덕후라고?

초판 1쇄 2017년 6월 1일
초판 3쇄 2019년 2월 10일

글쓴이 | 김유철, 김혜정, 박경희, 윤혜숙, 장 미, 정명섭, 주원규

펴낸곳 | 도서출판 단비
펴낸이 | 김준연
편 집 | 최유정
등 록 | 2003년 3월 24일(제2012-000149호)
주 소 | 경기도 고양시 일산서구 일중로 30, 505동 404호(일산동, 산들마을)
전 화 | 02-322-0268
팩 스 | 02-322-0271
전자우편 | rainwelcome@hanmail.net

ISBN 979-11-85099-93-4 04810
        978-89-967987-4-3 (세트)

값 11,000원

국립중앙도서관 출판시도서목록(CIP)

내가 덕후라고?/ 김유철, 김혜정, 박경희, 윤혜숙, 장미,
정명섭, 주원규. ─ 고양 : 단비, 2017
p. ;cm

ISBN 979-11-85099-93-4 04810 : ₩11000
        978-89-967987-4-3 (세트) 04810

수기(글)[手記]

818-KDC6
895.785-DDC23   CIP2017011006

내가 덕후 라고?

김유철
김혜정
박경희
윤혜숙
장 미
정명섭
주원규

단비
danbi

덕후,
맞습니다

살아가다 보면 어른들이 흔히 쓰는 말이 있고 우리 청소년 친구들이 흔히 쓰는 말이 있습니다. 같은 뜻을 가진 말인 것 같은데, 가만히 듣다 보면 서로가 생각하는 방향이 많이 다른 걸 보게 됩니다. 덕후라는 말이 그렇습니다.

'덕후'는 흔히 말하는 신조어입니다. 어른들은 처음엔 이 말을 못 알아듣습니다. '덕후가 뭐야. 먹는 거야?'라며 의아해하죠. 그러다 찬찬히 설명을 듣고 나면 대뜸 다음과 같이 반응합니다. 못 볼 것을 봤다는 듯 말이죠. '뭐야? 덕후. 그거 미친놈 아니야?'

맞아요. 미친놈 맞습니다. 덕후가 일본말로 오타쿠라고 하면 더 힘주어 '미, 친, 놈'이라고 부르길 망설이지 않죠. 덕후는 하나의 관심사에 깊이 빠져 있는 사람을 뜻하는 말로 주로 쓸모없고, 사회생활 못

하고, 좋게 말하면 자기 세계 강하고 나쁘게 말하면 집에만 틀어박혀 아무것도 안 하거나 전혀 쓸모없는 일만 일삼는 잉여란 뜻입니다.

자. 그런데 이렇게 덕후를 미친놈, 잉여, 더 나아가 루저라는 말로 몰아붙이는 어른들의 생각처럼 청소년들도 똑같이 생각하고 있을까요. 전 오히려 그 반대라고 생각합니다.

덕후가 뭔가 하나에 빠져 있는 사람이라면, 그렇다면 그건 오히려 집중력이 남다른 아이를 말한다고 생각할 겁니다. 쓸모없는 일에만 열일 한다고 말할지 모르죠. 어른들은 늘 그렇게 말해 왔지만 청소년들에게 덕후가 열중하는 그 쓸모없음은 더 이상 쓸모없음이 아닙니다. 사회생활도 마찬가지예요. 사회생활을 꼭 떼거리로 모여 다니며 어떤 집단에 속해야 하는 건가요? 그렇지 않아도 충분히 소통할 수 있다고 생각할 겁니다.

그렇다면 마지막으로 솔직히 묻고 싶어요. 어른들에게 말이죠. 정말 덕후가 잉여이고 쓸모없나요? 그렇게 살면 안 되나요? 그렇게 살지 말라고 손가락질하며 훈계하던 그들이 정작 잉여의 삶을 살고 있는 건 아닌가요? 자기 세계 한 개도 없이, 자기가 눈떠야 할 분명한 진실엔 눈감고 귀 막고 입 다문 채 살아가는 게 진짜 쓸모없는 삶, 아닌가요?

덕후란 말, 입에 담지도 말고 덕후처럼 살지 말라고 말하는 세상을 향해 덕후들이 지금 묻고 소리칩니다. '우리가 덕후라고? 그래서 뭐 어쩌라고? 덕후처럼 사는 게 왜 나빠?'라고 말입니다.

이 책을 펴내기 위해 모인 여섯 작가들 모두 어떤 의미에선 피해 가기 어려운 덕후 맞습니다. 쉽게 말해 어른 덕후들이죠. 어른들도 포기한 덕후.

그래서 기분이 어떠냐고요? 우리는 솔직히 즐겁습니다. 눈치 보고 줄 세우는 어른 세상에서 따로 떨어져 나와 자기 세계 확실하고 하고 싶은 말 거침없이 말하고, 싫은 건 싫다, 좋은 건 좋다 말하는 덕후 중의 덕후인 우리의 모습이 마냥 좋아요. 좋으니까 이렇게 모여서 소설도 함께 쓰고 하는 거 아니겠어요?

그러니 마지막으로 한마디만 할게요. '우리가 덕후라고?' 지금 이 책과 함께하는 저와 여러분. 예, 덕후 맞습니다. 다른 사람 눈치 보지 않는 덕후, 틀린 건 틀린 거 맞다고 똑똑히 말할 수 있는 우리들이 덕후예요. 부끄럽지 않은 덕후 맞습니다.

작가들을 대신해
주원규

차 례

고양이
번역기

김유철

사랑하는 아들 주에게.

이 편지를 볼 때쯤이면 난 이미 이 세상 사람이 아니겠지? 아들, 너무 일찍 떠나게 되어서 미안하다. 내 몫까지 어머니 잘 모셔야 한다. 많이 힘들어할 테니깐…. 그리고 이거, 내 연구실 열쇠를 맡길게. 부탁한다.

아버지의 장례식이 끝난 지 3개월 정도가 지났을 무렵 나는 우연히 이 편지를 발견할 수 있었다. 아버지는 매우 공들여 편지를 썼는지 평소의 문체보다 읽기가 쉬웠다. 그리고 편지지와 함께 동봉된 열쇠를 말없이 바라보았다. 아버지는 내가 중학교를 중퇴한 뒤부터 직장을 다니지 않았다. 대신 집안 살림을 도맡아 하면서 틈틈이 연구실을 들락거렸다.

"발명가라면 에디슨 같은 사람을 말하는 거잖아?"

무뚝뚝하게 반문을 했을 때도 어머닌 여전히 아버지를 두둔했다.

"물론 에디슨처럼 크게 성공한 발명가도 있지만, 그건 노력만큼 운도 따랐기 때문이야."

"아버지 이름으로 특허 받은 게 없잖아요."

어머니는 기억을 떠올리듯 잠시 침묵을 지키다가 대답했다.

"생각보다 특허 따는 게 쉬운 일은 아니었으니까. 하지만 특허출원을 한 건 몇 개 있었어."

"떠오르는 게 없는데…."

어머니는 대답 대신 창가를 가리켰다. 거기엔 '감자'가 등을 보인 채 앉아 굵은 꼬리를 좌우로 흔들어 대고 있었다. 올해 네 살이 되는 수컷 고양이 감자. 얼굴이 꼭 강원도 감자처럼 크다고 해서 붙인 이름이었다.

"감자가 왜요?"

"감자와 대화를 나눌 수 있는 기계."

"고양이 번역기? 그걸 아직까지 기억하고 있었어요?"

"근데 아버지 편지는 어디서 발견한 거니?"

불리할 때마다 어머닌 화제를 돌리는 버릇이 있었다.

"제 책상 서랍에서요."

"언제 넣어 뒀을까?"

나는 대답 대신 어깨를 으쓱거렸다.

할아버지에게서 물려받은 집은 산비탈 아래에 지어진 오래된 적산가옥이었다. 산길을 가로지르는 도로에서 보면 2층이지만 반대편에서 보면 3층이 되는 특이한 구조다. 어머니의 카페는 도로와 인접한 2층에 있었다. 몇 해 전부터 갑자기 문화마을이라느니, 한국의 산토리니라느니 동네가 유명해지면서 관광객들이 넘쳐났다. 덕분에 어머니의 카페에도 손님들이 찾아들었다. 특히 어머니가 만든 카스텔라는 일본의 기세키보다 맛있다는 소문이 돌았다. 에티오피아산 원두커피와 함께 문화마을의 대표 음식으로 몇몇 파워블로그에 오르내릴 정도로. 덕분에 나도 새벽 6시부터 브레이크타임이 시작되는 오후 2시까지 카페에서 아르바이트를 할 수 있었다.

"그러고 보니 카스텔라의 레시피도 아빠의 발명품이라고 해야겠네."

"그건 저도 인정할게요."

나는 머랭을 만들기 위해 계란 흰자의 거품을 내면서 대꾸했다. 그동안 어머니는 원두커피를 볶기 시작했다. 시큼하면서도 은은한 커피향이 부엌 전체를 뒤덮고 있었다.

"아빠가 연구실 열쇠를 네게 남긴 이유는 뭘까?"

"나 말곤 물려줄 사람도 없잖아요."

"아빠가 연구실에 들어갈 때마다 아저씨 오타쿠라고 놀린 건 너였어."

"그건 맞는 말이니깐."

핸드믹서기 덕분에 계란 흰자의 거품을 내는 일은 힘들지 않았다. 중간중간 설탕과 소금을 조금씩 뿌려 줬다. 다음엔 반죽용으로 사용할 계란 노른자와 강력분을 쉴 차례였다. 그동안 어스름 새벽어둠이 가시며 날이 밝아 왔다. 작년까지 카스텔라를 만드는 일은 전적으로 아버지의 몫이었다. 아프기 시작하면서 자연스럽게 그 일은 내가 맡게 되었지만.

"아니? 넌 아빠랑 똑같아. 성격도, 식성도, 날 사랑하는 것까지…."

"무슨 말이 듣고 싶은 거예요?"

"아빠와 너의 첫 발명품인 고양이 번역길 찾아 줘."

"왜요? 감자랑 이야길 하고 싶어졌어요?"

"손님들이 좋아할 거야. 감자가 우리 카페의 얼굴마담이잖니."

어머니는 윙크와 동시에 내게 미소를 건넸다.

중학교 2학년, 자퇴 결심을 했을 때 가족회의가 열렸다. 식탁 맞은편에서 불만 섞인 목소리로 이유가 뭐냐고 따지듯 묻는 어머니와 달리 아버진 아무런 질문도 하지 않았다. 다만, 앞으로의 계획이 뭐냐고 물었을 뿐이다. 나는 당분간 빈둥거리며 지내고 싶다고 말했다.

"뭘 하면서 빈둥거리고 싶은데?"

"아직은 잘 모르겠어요. 여행을 가거나, 아님, 고양이를 키우고 싶긴 해요."

"고양이?"

"네. 개처럼 크고 뚱뚱한 고양이요."

"이유가 뭐니?"

"이유 같은 건 없어요…. 전에 아버지도 말씀하셨잖아요? 하고 싶은 일이 있으면 망설이지 말라고. 인생은 우리가 생각하는 것보다 길지 않으니까 마음이 이끄는 대로 뭐든 시작해 보라고…. 제가 자퇴를 결심한 것도 그 때문이에요."

중간고사가 끝나고 전교 석차가 복도 게시판에 붙었다. 반 아이들은 그 등수에 따라 희비가 엇갈렸다. 자신의 인생이 등수에 따라 결정된다고 믿는 아이들은 스스로 자랑스러워하거나 절망했다. 전교 1등과 꼴찌는, 선생님의 말에 따르면 전혀 다른 인생을 살게 된다는 것이다. 하지만 나는 이해할 수 없었다. 수학 공식이나 영어 단어를 좀 더 알고, 4지 선다형 시험문제를 얼마나 맞췄느냐에 따라 학생들의 등급이 매겨지는 현실과 그런 시스템을 만들어 가는 사회에 대해서. 그리고 미래에 대한 막연한 불안감을 이용해 아이들의 자유로운 생각을 통제하려는 선생님들도 이해할 수 없었다.

"피라미드처럼 정해진 계급사회를 우린 학교에서부터 무의식적으로 세뇌받고 있단 생각이 들었어요. 하지만 피라미드의 꼭대기에 올라갈 수 있는 사람은 처음부터 많지 않잖아요? 대부분의 사람들은 제일 낮은 층에 머물러야만 해요. 그럼, 그 사람들 모두가 실패한 인생을 사는 건가요?"

나름 진지하게 질문을 던졌을 때 아버지는 대답 대신 침묵을 지켰다. 그 다음엔 내 손을 살며시 잡아 주었다.

"솔직히 전 학교에 아무런 흥미도 느낄 수 없었어요. 아이들과 쓸데없는 경쟁을 하며 제 청춘을 낭비하고 싶지도 않고요."

그리고 일주일 뒤, 아버지도 회사에 사직서를 제출했다. 공대에 다니던 아버지는 졸업하자마자 철강 회사의 공무과에 취직을 하고 어머니와 결혼했다. 당연히 반대할 줄 알았던 어머니도 흔쾌히 아버지의 결정을 따랐다. 그즈음 나는 학교에 가는 대신 중고 자전거를 끌고 동네를 돌아다녔다. 아버지가 청년 시절 구입했던 독일제 라이카로 가끔 사진을 찍기도 하면서. 부산으로 내려왔을 때도 내 생활은 크게 달라지지 않았다. 아버지와 어머닌 폐가처럼 방치되어 있던 할아버지 집을 직접 리모델링해서 멋진 주택으로 탈바꿈시켰다. 아파트 전세금과 퇴직금을 투자해 카페를 연 것도 그 무렵이다. 카페 문을 열던 날, 감자를 입양했다. 눈이 귀여운 갈색 코켓이었는데 내 새끼손가락을 쪽쪽 빨아 대는 아기였다.

반죽이 끝난 카스텔라는 랩에 싸서 냉장실에 넣어 뒀다. 오븐에 굽기 전에 2시간 정도 숙성이 필요하기 때문이다. 빵이 나오는 오전 11시가 카페 오픈 시간이었다. 나는 앞치마를 벗고 카페 홀로 나가 청소를 시작했다. 휴대폰에선 켄트 존스의 힙합이 흘러나왔다. 진공

청소기를 돌리고 밀대걸레로 바닥을 닦고, 마지막으로 손걸레질을 했다. 그러는 동안 감자는 하품을 두어 번 하고 기지개를 하고 식당으로 가서 어머니가 건네주는 간식을 받아먹었다.

"근데 엄마, 감자가 아직 똥을 안 쌌어요."

"신호가 안 오는 모양이지….'

부엌에서 냉동 와플을 정리하던 어머니가 뒤이어 소리쳤다.

"그러게, 아버지가 왜 고양이 번역기를 만들려고 했는지 이젠 알겠다."

⁀ᴐⱺ

카페 오픈 시간엔 제법 많은 사람들이 방금 나온 따끈따끈한 카스텔라를 사기 위해 줄을 서 있었다. 카스텔라를 찍어 먹을 수 있는 휘핑크림을 따로 팔기도 하지만, 요즘엔 벌꿀로 만든 새로운 허니 소스가 인기 있었다. 한차례 전쟁을 치르듯 손님들을 받고 나면 그 후엔 문화마을의 관광객들이 찾아왔다. 감자도 카스텔라만큼 인기가 많아서 일부러 녀석을 카페 홀에 풀어 놓고 마음대로 돌아다니게 했는데, 정작 녀석은 손님들에겐 무관심했다. 다행히 무던한 성격이라서 귀찮은 손님들이 있어도 부엌이나 3층으로 도망가진 않았다.

브레이크타임이 시작될 무렵에 미란이 카페에 들어왔다. 미란은 나와 교대하는 저녁 타임 알바생으로 카페에서 마을버스로 10분 거리에 있는 대학에 다니고 있었다. 나보다 2살이 많았지만 친구처럼 서로 말을 트고 지냈다.

"수고했어. 감자."

미란이 제일 먼저 인사를 하는 대상은 언제나 감자다. 그녀는 감자가 카페에서 가장 오래된 종업원이라고 우길 정도로 녀석을 좋아했다.

"일찍 왔네."

"마지막 수업이 휴강이었거든."

그러곤 주방에 있는 어머니를 향해 소리쳤다.

"사장님, 혹시 카스텔라 남은 거 없어요?"

"너, 또 점심 안 먹었구나."

미란은 애교를 떨며 부엌으로 들어갔다. 주방 식탁에 나란히 서서 밀크티에 카스텔라를 먹으며 수다 떠는 걸 어머니와 미란 모두 좋아했다. 나는 옷을 갈아입고 미란에게 빌린 학생증을 들고 카페를 나왔다. 두 달 뒤에 있는 검정고시를 준비하느라 매일 미란이 다니는 대학 도서관에서 저녁 7시까지 공부를 하고 있었다. 그 학교 도서관에는 PC구역이 따로 있어서 동영상 강의를 눈치 보지 않고 들을 수 있었다. 수업을 막 끝내고 필기한 내용들을 한 번 더 복습하고 있을 때 미란으로부터 메시지가 도착했다.

사장님이 언제 저녁 먹으러 올 건지 물어보래.

나는 학교 식당에서 사 먹을 거라고 답장을 보냈다. 하지만 조금 뒤에 다시 미란으로부터 톡이 날아왔다.

근데 진짜 감자 번역기가 있는 거야?
왜 그걸 말해 주지 않았니.

문자와 함께 네오의 호기심 이모티콘이 뒤를 이었다.

누구한테 들은 거야?

중요한 건 그게 아니고… 언제 돌아와? 같이
찾자. 고양이 번역기… 정말 감자랑 이야길
해 보고 싶어서 그래. *^^*

나는 고개를 절레절레 흔들며 자리에서 일어났다. 책가방을 챙기며 미란에게 답장을 보냈다.

지금 나가는 중.

∽∾

어머니가 카페 홀에 나와 있는 걸 보니 오늘 저녁은 한가한 모양이다. 미란은 막 설거지를 끝냈는지 옷소매를 매만지고 있었다. 나는 자전거를 집 앞에 세워 두고 카페 홀을 지나 곧장 3층으로 올라갔다. 미란이 뒤따라오며 질문을 던졌다.

"연구실은 언제 내려갈 건데."

"내 방에 열쇠가 있어."

"아, 아버지가 물려줬다는?"

"우리 집에 대해서 모르는 게 뭐야?"

나는 어이없다는 듯 반문했다. 미란의 정보원 역할을 하는 건 어머니밖에 없을 텐데. 도대체 무슨 이야길 하고 다니시는 건지.

아버지의 손때가 묻은 열쇠고리를 잠시 내려다보다가 자리에서 일어났다. 1층에 있는 연구실 출입구는 참나무 원목으로 만들어져 있었다. 열쇠로 잠금장치를 푼 뒤 한쪽으로 밀어 내자 쿰쿰한 책 냄새와 함께 커다란 탁자가 나타났다. 나는 전등을 켜고 탁자 앞으로 걸어갔다. 아버지는 저 탁자에 앉아 책을 읽거나 설계도를 그리거나 인터넷 검색을 했다. 가끔 바다가 내려다보이는 창가에서 담배를 피우기도 했지만. 아버지의 상태가 악화된 이후 한동안 출입을 하지 않은 탓인지 책상이나 창틀에는 엷은 먼지가 쌓여 있었다.

"스-고이(대단해)!"

언제 들어왔는지 미란이 창가 앞에 서서 감탄사를 내뱉었다.

"산동네라 불편한 것도 많지만, 대신 이런 장점도 있어."

"전망이 정말 좋네…. 근데 왜 문은 잠가 두는 거야?"

"외부인 출입금지니깐."

미란은 벽 한쪽을 차지하고 있는 책장과 분해된 전자제품으로 가득한 작업장, 그동안 아버지가 발명했던 물건들이 흩어져 있는 연구실을 한 바퀴 쭉 훑어본 뒤에 말을 이었다.

"고양이 번역기 같은 발명품 때문인가? 기술 유출을 막기 위해 비밀 유지 같은 것도 해야 하잖아…."

"미드나 할리우드 영화를 너무 많이 본다니깐…. 척 봐도 알 수 있잖아. 그 정도로 대단한 물건이 없다는 걸. 그리고 고양이 번역기는 이미 일본에서 개발된 거야…. 여긴, 단지 방해받지 않고 오롯이 자신만의 시간을 가질 수 있는 공간이 필요했기 때문이고."

"흠, 나름 설득력이 있네."

동의하듯 미란이 대꾸했다.

"그런데 고양이 번역기는 어디 있어?"

나는 발명품들이 쌓여 있는 선반으로 가서 한동안 목걸이를 찾았다. 하지만 디바이스로 사용되는 목걸이는 보이지 않았다.

"이상하다. 여기 있었던 것 같은데…."

그러다, 벽 전체를 차지하고 있는 책꽂이 쪽으로 시선을 돌렸다. 미란이 등 뒤에서 '저거?' 하고 소리쳤다. 원목 책장 위에 빨간색 목걸이가 놓여 있었다. 등잔 밑이 어둡다더니. 나는 투덜거리며 NMT(인공신경망 번역)나 SMT(통계적 기계번역)와 관련된 책들이 꽂혀 있는 책장 앞으로 걸어가 목걸이를 집어 들었다.

"이걸 고양이 목에 건 뒤 휴대폰으로 연동되는 앱을 깔아서 프로그램을 활성화시키면 끝나."

"와! 이걸 전부 아버지랑 주가 만든 거야?"

"아빠가…. 난 그저 보조 역할만 했을 뿐인걸."

"그래도 대단해. 일반 사람들이라면 이런 건 생각조차 못했을 테니깐…."

나는 목걸이의 작동 상태가 정상인지 아닌지 확인하기 위해 수은 전지를 교체하면서 응답했다.

"감자가 어렸을 때 폐렴에 걸려서 죽을 뻔한 적이 있었거든. 겨우 목숨을 구했을 때 그런 생각이 들었어. 녀석과 대화를 나눌 수 있었다면 좀 더 일찍 병원에 데려가지 않았을까 하고…. 감자가 수술실에서 치료를 받는 동안 아버지와 그런 이야길 나누다가 만들게 된 거야."

감자가 퇴원하던 날 아버진 비어 있던 1층을 연구실로 만들기 시작했다. 물론 그 전에 가족회의가 먼저 열렸지만 어머니도, 나도 반대하지 않았다. 퇴직하고 부산으로 내려온 아버지는 고향 친구가 단 한 명도 이곳에 살지 않는다고 실망했다. 자신이 고향으로 낙향한 1호 중년 아저씨라고 툴툴대면서도 집을 리모델링하고, 카페를 오픈하고, 카스텔라 같은 메뉴를 개발했다. 하지만 아버진 늘 자신이 엔지니어라는 사실을 잊지 않았다.

"마을 사람들에겐 날 발명가로 소개했어. 덕분에 모두들 내게 관심을 보이더라."

"흔한 직업은 아니니까요."

"너도 흔한 아들은 아니지."

아버지가 윙크를 하며 말했다.

"자, 다시 녹음 시작할까요? 근데 이 녀석, 오늘따라 너무 과묵해요."

고양이 번역기를 만들기 위해 감자의 목소리를 녹음하고 기록하는 일은 내 담당이었다. 덕분에 감자 뒤를 졸졸 따라다니며 하루종일 관찰해야만 했다. 녀석은 그런 노력을 아는지 모르는지 무표정한 얼굴로 낮잠을 자거나 간식을 먹고, 드물지만, 내게 다가와 얼굴을 살짝 비벼 주기도 했다.

"외국에선 강아지의 뇌파나 심장박동수를 이용해 번역기를 만들기도 한대. 하지만 아버지와 나에겐 불가능한 일이었지…. 그래서 3개월 동안 녹음한 감자의 목소리와 녀석의 행동 패턴을 분석해서 번역기에 쓰일 단어들을 선별해야만 했어."

목걸이의 전지를 교체하자 다행히 전원이 들어왔다. 다음은 앱이 깔려 있는 아버지의 휴대폰을 점검할 차례였다. 옆에서 지켜보던 미란이 궁금한 듯 질문을 던졌다.

"그렇다면, 고양이 번역기라기보단 감자 번역기라고 하는 게 맞겠네."

"응. 우리가 녀석에게 말을 걸 때도 감자의 목소리를 이용할 수밖에 없었으니까."

"감자가 자기 목소리엔 어떻게 반응하는데?"

호기심 가득한 얼굴로 미란이 물었다.

"직접 확인해 보시지. 앱도 이상이 없는 것 같으니깐."

미란은 내 말이 끝나자마자 목걸이와 휴대폰을 챙겨서 카페로 올라갔다. 쿵쾅거리며 계단을 뛰어 올라가는 그녀를 바라보다 말고 나는 목걸이 디바이스가 있던 책장으로 다시 눈길을 돌렸다. 고양이 번역기를 만드는 동안 나는 아버지가 모은 자료들을 일부러 찾아 읽곤 했다. 인공 신경망 번역이나 동물 행동학, 기타 알고리즘에 관심을 가지게 된 것도 그 무렵이다.

"나도 아버지처럼 이런 일이 적성에 맞는 것 같아요."

문득 그런 고백을 했을 때 아버지는 말없이 내 머리를 쓰다듬어 주었다.

"엄마가 알면 기뻐하겠구나."

미란은 카페 중앙에 대자로 뻗어 있는 녀석의 목에 목걸이를 채우고 아버지 휴대폰으로 번역기 앱을 실행시켰다. 카페에 드문드문 앉아 있던 손님들도 재미있다는 듯 미란과 감자의 모습을 구경

했다. 어머니는 새로 주문 받은 라떼를 들고 홀로 나오다 말고 내게 미소를 건넸다.

미란이 감자에게 말을 하라며 다그치자 녀석은 둥글둥글한 몸을 억지로 일으키며 '냐아앙 옹' 하고 소리를 질렀다. 그러자 곧 감자의 목에 달려 있던 목걸이에서 아버지 목소리가 흘러나왔다.

"귀찮게 좀 하지 마."

순간, 미란이 '어머! 진짜 말을 하네!'라며 호들갑을 떨었다. 뭐지? 라며 호기심 가득한 눈으로 바라보던 손님들 중에 웃음을 터뜨리는 사람도 있었다. 나는 감자의 목걸이에서 흘러나오는 아버지 목소리에 가슴이 뭉클해졌다. 어머니가 갑자기 고양이 번역기를 찾은 이유를 알 수 있을 만큼. 감자는 느릿느릿 어머니 곁으로 다가가더니 다시 '이냐앙 옹' 하고 소리를 질렀다.

"유 여사, 밥 줘."

이번엔 카페에 있던 모든 사람들이 웃음을 터뜨렸다. 미란은 신기한 듯 감자를 따라 주방으로 걸어갔다. 녀석이 정말 밥을 먹는지 확인하기 위해서였다.

아버지와 함께 감자의 패턴에 따른 소리를 구분하고 그에 맞는 단어를 고르는 일은 이틀이 꼬박 걸릴 정도로 많은 시간과 인내가 필요했다. 하지만 나름 재미있는 작업이었다. 누구의 목소리로 녹음할 것인가를 두고 아버지와 나 사이에 잠시 논쟁이 벌어지기도 했지만, 결국 승리자는 나였다. 감자의 덩치에 맞는 목소리 톤이 아버지와 맞다는 나의 주장이 더 설득력이 있었기 때문이다.

"내가 상상했던 것 이상이었어."

카페는 밤 11시에 문을 닫았다. 그리고 마을버스 정류장까지 미란을 바래다주는 건 언제나 나의 몫이었다. 나란히 골목길을 걸어가는 미란의 얼굴은 여전히 상기되어 있었다.

"하지만 아버지와 나도 확신할 순 없었어. 정말 그게 감자의 진짜 마음인지 말야. 그리고 절반 정도는 재미있는 일을 만들자는 느낌이었고."

"어쨌든 카페에 있던 사람들에겐 즐거운 경험이었을 거야."

막차를 기다리는 사람들이 정류장 앞에 모여 있었다. 미란은 학교 근처 원룸에서 친구와 함께 자취를 했다. 나는 어깨를 으쓱이며 정류장 앞에 멈춰 섰다.

"하지만 기회가 된다면 좀 더 연구를 해 보고 싶어."

"그런 걸 개발하는 곳은 없어?"

"구글과 바이두, 그리고 네이버의 파파고… 머지않아 휴대폰으로 번역기 앱만 다운 받으면 외국 사람들과 마음대로 대화를 나눌 수 있는 세상이 올 거야. 그 다음엔 진짜 고양이 번역기가 개발될지도 모르지."

"그럼 지금처럼 외국어에 목숨을 거는 나 같은 사람들은 어떻게 되는 거야."

미란이 인상을 쓰면서 투덜거렸다.

"그 시간에 자기가 하고 싶은 일을 하면 되지 않을까."

"알잖아? 내가 일본어과에 다니는 거?"

"그럼, 일본에 건너가 직접 일본 사람들과 부딪치며 살아보는 것도 괜찮겠네. 일본어를 전공한다는 건 그 사람들 문화에 관심이 많다는 뜻이잖아."

"아, 그런 말은 하지 마. 나만 비참해 지니깐…. 난 성적에 맞춰서 학과를 지원했을 뿐이란 말야."

그때 마을버스가 도착했다. 나는 미란이 좌석에 앉을 때까지 기다렸다가 손을 흔들어 주었다.

카페에는 아직 불이 켜져 있었다. 문을 열고 들어가자 어머니 혼자 맥주를 마시고 있었다. 감자는 그 옆에 딱 달라붙어서 어머니가 안주로 먹고 있는 쥐포를 호시탐탐 노리고 있었다.

"술이 당기는 밤이야."

"아버지가 그리워서요?"

"눈치챘어?"

"뜬금없이 고양이 번역기를 찾아 달라고 할 때부터요."

나는 감자 목에 달려 있는 목걸이로 눈길을 돌렸다. 어머니는 혀를 삐죽 내밀며 쑥스러운 듯 미소를 지었다.

"미란인 정류장까지 바래다줬니?"

"버스 타는 것 까지 확인하고 돌아오는 길이에요."

"잘했다."

나는 주방 냉장고에서 콜라를 꺼내 테이블로 돌아왔다.

"그런데 엄마."

"응?"

"한 가지 궁금한 게 있어요."

"뭔데?"

나는 콜라를 한 모금 마신 뒤 말을 이었다.

"아빠 말예요. 다니던 회사를 그만둔 거…. 저 때문이었죠?"

어머니는 과장된 표정으로 나를 바라봤다.

"그걸 이제야 깨달은 거야?"

"부산으로 내려온 것도요?"

"응. 모두 아버지 아이디어였어."

이번엔 어머니가 맥주 한 모금을 마셨다.

"아들 스스로 자신의 길을 찾을 때까지 기다려 보자며 날 설득
시켰거든."

"후회하지 않으세요?"

"그건 내가 물어볼 말인데. 학교 그만둔 거…. 후회하지 않아?"

"네."

"그렇다면 나도 후회 안 해. 아버지도 아마 그렇게 말했을 거야."

카페 창문으로 빗방울이 조금씩 떨어지기 시작했다. 후두둑거리는 소리가 정겨웠다. 어머니와 나는 한동안 빗소리에 귀를 기울였다.

"어때요? 내일… 아버지한테 다녀올까요?"

"흠…. 그럴까? 하루 정도 쉬는 것도 괜찮을 것 같네."

어머니는 감자를 데리고 3층 방으로 올라갔다. 나는 카페 문을 잠그고 잠시 주방을 둘러본 뒤 1층 연구실로 내려갔다. 2미터 가까이 되는 넓은 탁자 모서리에 설치된 스탠드를 켜고 그 옆에 놓여 있던 열쇠를 멍하니 내려다봤다. 그리고 그 열쇠가 아버지가 내게 남긴 마지막 선물이라는 사실을 깨달았다.

언젠가 아버지는 내게 말했다. 《포레스트 검프》라는 영화 속 대사를 인용하면서 '인생은 초콜릿 상자와 같아서 네가 뭘 고를지는 아무도 몰라. 하지만 난 우리 아들이 똑똑한 사람이 되는 것보단 사랑을 아는 사람이 되었으면 좋겠구나'라고. 뒤이어 동물병원에서의 기억이 자세히 떠올랐다. 감자를 위해 고양이 번역기를 만들어야 한다고 조르던 내 모습까지도. 그 순간 나도 모르게 피식하는 웃음이 삐져나왔다. 동시에 아버지에 대한 그리움이 밀려왔다. 나는 연구실 창가로 걸어가 마지막 남은 콜라를 마시고 아버지의 손때가 묻은 열쇠고리를 천천히 집어 들었다.

"희망이란 본디 있다고도 할 수 없고, 없다고도 할 수 없다. 그것은 땅 위의 길과 같다. 본래 땅 위에는 길이 없었다. 걸어가는 사람이 많아지면 그것이 곧 길이 되는 것이다."

루쉰의 『아큐정전』에 나오는 말입니다. 사람들이 다져 놓은 길을 가야만 희망이 있다고 생각했던 저에게 많은 충격을 준 문장이었어요. 전 어렸을 때부터 늘 이런 말을 듣고 자랐습니다.

'나서지 마라. 항상 중간에만 있어라.' 다른 말로 하면 남들이 가는 길로만 다녀야 고생하지 않는다는 뜻이었어요.

덕분에 저 역시 항상 안전한 길로만 다녔습니다. 남들처럼 대학을 나오고 등단을 하고 작가가 되었죠. 그래야만 한다고 생각했거든요.

제 생각이 옳지 않다는 걸 느끼게 해 준 친구는 후배 작가였습니다. 그 역시 한때는 누구나 갔던 길을 가려고 치열하게 경쟁하며 살았지만요. 지금은 제주에 내려가서 낡은 트럭을 몰고 다니며 인생을 즐기고 있습니다. 좋아하는 음악을 만들고 글을 쓰죠. 가끔 바닷속에도 들어가고 여행을 다니기도 하는 것 같습니다.

남들이 정해 놓은 잣대에 따라 살아가는 건 너무 낭비적이라는 거. 그런 면에서 덕후인 그 후배 작가에게 배울 점이 있습니다. 바로 남들과 비교하지 않고 자신이 원하는 걸 즐길 줄 안다는 거예요.

길에서 벗어나는 순간 실패한 인생이란 불안감을 전 늘 갖고 살았습니다. 그러다 문득 깨닫게 되었어요. 길 아닌 곳이 어디였던가? 어디에 첫발을 디디든지 그곳이 곧 길이 될 수 있다는 사실을 말예요.

2037,
답이 없는
내 인생

장미

아직 1과정이 다 끝나지도 않았는데 벌써부터 엄마는 2과정 얘기만 한다.

"너 미야자키 선생님한테 보낼 포트폴리오 준비 다 했어? 2과정 시작하면서부터 곧장 인턴 나가게 되면 좋잖아. 안 그래?"

나는 가방을 챙기는 척하며 아무 대답도 안 했다. 미야자키가 아니라 미아리 자키라는 말도 안 했다. 엄마도 미야자키와 미아리 자키가 다른 사람이라는 걸 다 알고 있다. 그러면서도 계속 그렇게 말하는 거다. 왜냐하면 엄마는 내가 미아리 자키보다는 미야자키 하야오 같은 사람이 되기를 원하기 때문이다.

현실적으로 내가 미야자키 하야오와 요만큼이라도 연결된다는 건 거의 꿈같은 일이라는 걸 엄마도 알고 있다. 그래도 내 머릿속에 미아리 자키 같은 웹작가보다는 미야자키 선생님 같은 사람이 가득 차 있기를 바라고 있기 때문에 계속해서 미야자키 타령이다. 내가 보기에 미아리 자키 작가님만큼 되는 것만 해도 엄청나게 힘든 일이고 완전 성공한 건데, 그런 말을 하면 엄마는 꿈을 크게 가지라는 둥 하면서 야단이겠지.

엄마와 내가 나란히 앉아 밤을 새며 미야자키 하야오 감독의 만화 영화를 보고, 은근 싫어하는 엄마에게 미아리 자키 작가의 웹툰 얘기를 떠들던 게 그리 오래된 일도 아니다. 그런데 나는 지금 엄마에게 말도 꺼내지 못할 혼란과 고민에 빠져 있다.

엄마에게 내 마음을 솔직히 털어놓으면 어떻게 될까. 나는 요즘 만화가 아니라 힙합에 더 끌린다고. 어쩌면 나는 원래부터 만화 덕후가 아니라 힙합 덕후였는지 모르겠다고. 나에게 만화는 헤어진 구남친 같은 존재가 되었고, 지금 내 눈에 최고 멋진 건 힙합이라고.

"그동안 들어간 시간하고 돈이 얼만데 갑자기 만화 덕후를 버리고 지금부터 힙합 덕후가 되겠다고? 처음부터 힙합 덕후였던 애들을 이제 와서 따라잡을 수 있을 것 같아? 슬럼프야, 일시적인 슬럼프. 넌 프로 만화가가 될 만화 덕후야."

엄마가 화를 냈다가, 살살 달랬다가, 난리를 치며 떠들 얘기들이 귓전에 들려오는 것 같다.

엄마는 또, 인생 살기 좋아졌는데 요즘 애들은 그것도 모르고 복에 겨워 타령이라 할 거다. 엄마 때만 해도, 아니, 내가 아직 아기였을 때만 해도 다들 '대학교'라는 데에 가기 위해 얼마나 죽도록 노력했었는지에 대한 얘기를 또다시 줄줄이 꺼내 놓을 게 분명하다.

한 가지만 잘하면 인생 쉽게 풀리는데 뭐가 힘드냐고, 여태 만화 덕후의 길을 걸어왔는데 이제 와서 괜히 이것저것 눈 돌리지 말라고 할 거다. 그러면서 유치원 시절부터 들어 온 덕후 헌장을 하나하나 읊어 주겠지.

〈덕후 헌장〉

1. 덕후가 자라서 프로가 된다.

2. 모든 덕후는 그 자체로 훌륭한 씨앗이다.

3. 인간은 각기 다른 덕력을 가지고 태어난다.

4. 애매한 만물박사보다는 한 분야의 덕후가 가치 있다.

5. 세상에 쓸데없는 덕질은 없다.

6. 덕질은 때와 장소를 가리지 않는다.

7. 홀로 있는 덕후는 아름답고, 협력하는 덕후는 위대하다.

엄마한테도 듣고 책에서도 읽었는데, 덕후를 무시하고 사회에서 쓸모없는 잉여 존재로 여기던 시절도 있었다고 한다. 사람이라면 모든 것을 두루두루 잘해 내야 하는데 한 가지에만 빠져들다니 특이하면서도 어딘가 모자란 존재라고 생각했다는 거다. 책 읽기를 좋아하고 문학 작품 비평에 관심이 있어도 수학 계산을 반복하고 원자 번호를 외우고 있었다니, 참 말도 안 되고 불합리한 세상이었나 보다.

하지만 내가 유치원에 다니던 2030년, 신교육혁명이 일어나면서 모든 게 바뀌었다. 덕후의 시대가 열렸다.

사람이 모든 것을 두루두루 잘 해낼 수는 없다. 그것은 제대로 잘하는 게 아무것도 없다는 말과 마찬가지다. 무언가 하나만 제대로 잘하는 전문분야가 있다면 그것이 무엇이 되었든지 세상에서 쓸 데가 있다. 나는 내가 잘하는 것 하나만 하면 되고, 다른 분야는 그 분야의 덕후가 책임지고 이루어 놓은 것을 공유하면 된다. 그렇게 각기 다른 덕후들이 모여서 보다 완전하고 행복한 세상을 만든다는 게 신교육혁명의 근본 바탕이다.

초등학교에서 종합 교육 6년을 마치면 기본 테스트와 적성 검사를 거쳐 각자에게 적합한 덕후 아카데미로 가서 해당 덕질에만 집중한다. 기본을 다지는 제1과정 3년, 슈퍼 덕후가 되는 제2과정 2년. 그러고 나면 이제 덕후는 프로가 되어 널리 세상에 이로운 일을 한다.

초등학교 3학년 때에 같은 반이었던 아이 하나는 학교에 와서 책상에 엎어져 잠만 자다가 갔다. 어떤 때에는 자느라 집에도 가지 않아 걔네 엄마가 어둑한 저녁에 학교에 와서 여전히 졸고 있는 애를 끌고 가다시피 하여 집에 간 적도 있다.

이렇게 낮에도 늘 졸고 있고, 깨워도 깨워도 정신을 못 차리는 아이라면 수면 아카데미에 갈 수 있다. 1과정 때에는 주로 잠을 잔다. 배가 부르거나 고프거나 춥거나 더운, 다양한 환경에서 잠을 자는 거다. 사실 이 정도면 평범한 거고 특이하게는 며칠씩 씻지 않아 몸에서 냄새가 나고 찝찝하고 끈끈한 상태에서 잠을 자는 것이나, 괴기스러운 영상을 보고 곧장 잠을 자는 것도 있다고 한다. 깨어났을 때에는 잠시 정신을 차리고 꿈 일지를 쓰고는 다시 잠을 잔다.

그 아이와 대화라는 걸 해 본 적이 없어 친구라 할 수도 없지만 걔네 엄마와 우리 엄마가 같은 필라테스 센터에 다니고 있어 이런 얘기들을 들을 수 있었다. 수면 아카데미 제2과정이 되면 다들 자연스럽게 평균 두세 시간 정도씩 잠을 줄이고 그 시간에 각종 실험과 연구에 참여하게 되는데, 이 아이는 아직 잠이 줄어들 조짐이 보이지 않는다며 걔네 엄마가 걱정이 많다고 했다.

"그래도 확실히 잠을 많이 자는 게 피부에도 좋고 살도 빠진다더라. 1과정 끝나 가니까 애가 갑자기 이뻐지고 아가씨 태가 난다고 자랑하던데."

아, 여자애였구나. 늘 엎드려 있어서 여자인지 남자인지도 몰랐었다.

그런데 곧이어서 엄마가 의미심장한 얘기를 했다.

"근데, 초등학교 때는 그렇게 잠만 자서 이건 뭐, 덕후가 아니라 잠귀신이라고 불렸던 애가 막상 아카데미에 딱 들어가니까 이젠 별로 잠이 안 온다며 괴로워하는 경우도 꽤 있다는 거야. 웃기지 않니?"

"그…래? 그런 애는 어떻게 한대?"

"으응, 불면증 연구하면 된대."

아아, 수면 아카데미가 이렇게나 훌륭한 곳인 줄 미처 몰랐었다. 만화 아카데미라면 갑자기 덕력이 사라질 경우 달리 할 일을 찾기 어렵다. 나도 내가 이렇게 될 줄 몰랐다.

내가 만화 아카데미에 간 것은 당연한 수순이었다. 나는 어렸을 때부터 책은 한 줄도 안 읽었지만 만화책이라면 밤을 새며 읽어 댔다. 만화책, 만화 영화, 웹툰, 광고도 애니로 된 것만 보고, 신문에서도 만평만 봤다. 나의 초등학교 교과서들은 모두 빈틈 하나 없이 새까맣다. 조그만 자리만 있어도 내가 거기에 만화를 그려 댔기 때문이다. 나는 의심할 것 없는 만화 덕후였다. 적성 검사에서도 높은 점수를 받았다.

내가 제일 좋아하는 만화 작가는 미야자키 하야오 선생님이고, 최고라고 생각하는 애니메이션은 미야자키 선생님의 마지막 작품인 〈바나나걸〉이다. 젊은 작가들 중에서는, 역시 미야자키 하야오 선생님의 팬이라서 미아리에서 태어난 자신을 '미아리 자키'라고 부르는 자키 선생님을 좋아한다.

만화 아카데미 1과정 동안 감상하기, 분석하기, 기초창작 등을 배웠고, 일본부와 판타지부 동아리 활동을 했다. 이제 2과정으로 진입하면 비평이나 고급창작을 배우면서 1과정의 동아리 지도를 하게 되는데, 사실 그것보다는 인턴이 되는 게 모두의 꿈이다. 현재 활동하고 있는 작가나 팀의 인턴으로 합격하면 거기에서 배우며 일하는 것으로 아카데미 과정을 대신할 수 있기 때문이다. 나는 미아리 자키 선생님 작업소에 인턴 지원을 해 볼 계획이었다.

사촌인 유지 오빠는 보드 게임 아카데미 1과정이 끝나기도 전에 보드 게임 덕후들에겐 천국보다 가고 싶은 곳이라는 JSG의 인턴으로 뽑혔다. 인턴 2년을 보내고 나서는 그대로 계약을 연장하여 JSG의 어엿한 정직원이 되었다. 유지 오빠 같은 사례가 흔한 건 아니지만 말도 못 하게 어려운 것도 아니니 2과정에 들어가는 아이들이나 부모들 대부분이 인턴의 꿈을 꾼다.

이런 중대한 때에 내 머리는 인턴도 아니고 슈퍼 덕질도 아니고, 그저 정체성에 대한 고민으로 가득 차 있다니 나 자신에게 실망스럽고 너무나 답답하다. 모든 게 힙합 때문이고 에브리하이 때문이다.

라니를 만나야겠다. 지금 내가 마음을 털어놓고 이야기를 나눌 수 있는 상대는 라니뿐이다.

라니는 아무런 덕후의 싹이 없는 아이들이 모여 초등학교 연장 과정을 수행하는 유니버시티에 다니고 있다. 라니가 유니버시티에 가는 것으로 결정됐을 때 정작 심하게 충격을 받은 건 라니보다 나였다. 라니는 초등학교 6년 동안 나랑 제일 친한 친구였고, 우리가 다니던 잠실 2지구 초등학교에서 최고로 예쁜 아이였다. 예쁜 것도 재능이라 연기나 예능 아카데미에 갈 수 있다는 적성 결과가 나왔지만 라니 스스로 거부했다. 라니네 부모님은 늘 그랬듯이 '너가 알아서 해라'며 라니의 의견에 따라 주었다. 아무런 덕후의 싹을 보이지 않는 아이에게 초등학교 내내 몰래 선행 학습을 시켜 덕후 아카데미에 집어 넣는 부모님도 있는데, 거기에 비하면 리니네 부모님은 참으로 방목형 스타일이었다.

라니가 잠실 2지구 유니버시티에 가게 되자 라니를 좋아했던 많은 남자애들은 크게 실망했고, 질투했던 여자애들은 은근히 기뻐했다. 하지만 라니는 실망하지도, 좌절하지도 않았다.

"난 유니버시티에 가는 게 맞는 것 같아. 세상에 덕후가 아닌 사람도 있는 거잖아."

라니는 유니버시티 생활도 즐겁게 잘해 나갔다. 초등학교 때처럼 다양한 과목들을 시간표대로 배우는 게 적성에 맞고 좋다고 했다.

"그래도 그중에서 제일 맘에 드는 게 있을 거 아냐, 그거 하나에만 집중해 봐."

나는 어른스럽게 조언을 해줬다.

"글쎄. 나는 관심 가는 것도 여러 가지고, 조금씩 다 잘하는 편이거든. 다양한 것을 즐기며 사는 것도 재미있어. 뭔가 하나만을 위해서 다른 것들을 다 버려야 한다는 게 난 좀 아쉬운 것 같아."

"아이고, 너는 정말 시대를 잘못 타고 난 것 같다. 이십 년만 일찍 태어났으면 좋았을걸. 그때는 뭐든지 두루두루 잘하는 사람이 더 인정받는 시대였다잖아."

내가 혀를 쯧쯧, 차며 아쉬워할 때에도 라니는 오히려 태평했었다. 그랬는데 이제는 내가 구덩이에 빠져 있다.

> 바빠? 나 심각. 우리는 만나야 함. ㅠ.ㅠ

문자를 보내자 잠시 후 답이 왔다.

> 오늘 봉사 가는 날인데. 같이 갈래?

라니는 노인 센터나 장애인 센터에 가서 봉사 활동하는 동아리 일도 열심인데 오늘이 그 날인가 보다. 그냥 따라가서 대충 쫓아다니면 되겠지.

> 오케. 내가 그쪽으로 가겠음.

> ♡.♡

엄마가 지켜보고 있어 쓸데없이 무거운 포트폴리오까지 챙겨 들고, 에브리하이의 힙합으로 가득 찬 무선 이어폰을 주머니에 쑤셔 넣고는 집을 나섰다.

1과정이 끝나가는 시점이라 요즘 아카데미는 어수선하고 수업이 없는 날도 많다. 벌써부터 누가 어디에 인턴 합격했다더라 하는 소문이 들려오고, 포트폴리오 막바지 준비로 정신없는 아이들도 많다. 인턴보다는 조용히 아카데미 생활을 계속하겠다고 결정한 아이들이 없는 건 아니지만 그런 아이들은 평소에도 워낙 존재감이 없던 아이들이라 이런 시기에는 더욱 눈에 띄지가 않는다. 아마 어디에선가 조용히 스케치를 하고 있거나 탭에 코를 박고 웹툰을 보며 혼자 낄낄대고 있겠지.

오늘도 오전 수업은 모두 취소가 되어 있고 오후엔 포트폴리오 준비 겸 개인 시간이 잡혀 있다. 이런 날엔 굳이 아카데미에 가지 않아도 된다.

나는 곧장 라니네 유니버시티로 가서 카페테리아 한구석에 자리를 잡았다.

여기도 확실히 평소보다는 어수선한 분위기다. 아카데미 2과정이 시작하는 시점에 맞춰 유니버시티에서도 일부 아이들이 아카데미로 편입할 수 있기 때문이다.

재능이나 직업에 아무 차별이 없는 세상이라지만 아직도 유니버시티 출신임을 부끄러워하는 사람들이 많다. 실제로 유니버시티 출신들은 직업을 구할 때에도 아카데미를 졸업한 프로 덕후들의 보조 역할 정도를 하며 불이익을 당하는 경우가 있다. 때문에 뒤늦게 덕력을 인정받아 해당 덕후 아카데미 2과정으로 편입을 하게 되면 주위에서도 축하해 주는 분위기고, 본인도 매우 뿌듯해한다. 유니버시티에 다니면서 개인적으로 덕후 과외를 받아 아카데미로 편입하는 경우가 있다는 얘기를 듣기도 했다.

물론 1과정을 마치고 아카데미에서 그만 낙오하게 되는 덕후 실패자들도 없지는 않다. 시간 낭비, 돈 낭비를 해 가며 새로운 덕후 아카데미 1과정으로 들어가거나, 최악은 유니버시티 2과정으로 가게 되는 것이다. 내가 바로 그런 케이스가 되는 게 아닐까. 생각하니 마음이 또다시 무거워진다. 나는 이어폰을 꽂고 볼륨을 높였다.

'… As time goes by,
한숨만 쉬고.
언제나 하늘 탓을 하며
땅을 치고 후회만 하니까
난 날지도 걷지도
못한 건 아닐까?
세월이 지나고 내 비전은
가면 갈수록 제자리걸음.
괜찮아
서있어도 내 심장은 늘 뛰거든.
나만 따라 뛰면 돼.
내 심장마저 멈추기 전에…'*

내 심장마저 멈추기 전에 나는 내 덕력을 제대로 찾아야 한다.

그렇지만 그게 뭐지? 내가 만화 덕후가 아니라는 건 확실한 걸까? 비싼 돈을 내고 적성 검사를 다시 해 보는 방법도 있다. 하지만 그것보다 중요한 건 내 마음에서 울리는 느낌 아닌가? 굳이 고민하며 자꾸 이런저런 생각 하지 말고 직진으로 쭉 나아가기만 한다면 나는 만화 덕후를 졸업하고 프로가 될 수 있을 거다. 어쩌면 지금 나는 도움이 안 되는 방황을 사서 하고 있는 중인지도 모른다. 하지만 뭔가 내 마음이, 내 심장이….

"어이."

라니가 어깨를 치며 내 앞에 앉아 반갑게 웃는다. 언제나 편안하고 자유로워 보이는 라니의 미소.

"요즘 아카데미 제일 바쁜 때 아니야? 한가하게 놀러 다녀도 되겠어?"

"언니가 요즘 고민이 많아서, 한가하게 너랑 놀아 볼라구 왔다."

"그래? 나야 좋지."

"유니버시티도 은근 바쁜 거 같은데, 넌 아니야?"

내가 게시판에 붙은 '편입 공고'를 가리키며 말하자 라니는 가볍게 웃는다.

"그거야 전투적으로 살아가는 애들 얘기고. 나야 늘 헐렁하게 사니까."

맞다. 라니는 늘 헐렁하게 살았다.

헐렁하게 사는 것의 덕후라면, 예를 들어 수면 덕후라거나 게임만 하면서 노는 덕후 같은 사람, 그들은 또 그들 나름대로 온 에너지를 다해 백 퍼센트의 헐렁함을 추구하는 것 같다. 그런데 잠깐. 그처럼 치열하게 헐렁한 삶이라는 게 말이 되는 건가? 하도 잠을 자서 허리가 아프고, 눈이 벌게지도록 게임을 하는 것. 그런 게 정말 헐렁한 삶인가?

하지만 라니는 아무것에도 덕후가 아니니까 그야말로 대충 헐렁하게 지내면 되는 거였다. 하고 싶은 일이 있으면 하고, 관심 가는 게 생기면 해 보고, 그러다가 관심이 다른 데로 옮겨 가면 또 잠시 동안은 새로운 것에 빠져서, 사명이나 목표도 없이 그야말로 헐렁헐렁하게. 싱겁고, 밋밋하고, 자유롭게.

"오늘 봉사활동 하러 가는 곳은 유아원과 노인 시설이 함께 운영되는 센터야. 자식이 없는 노인분들하고 부모가 없는 어린 아이들을 한군데에서 지내게 하는 건데, 이게 아주 좋은 점이 많더라고. 유아원 따로, 노인 시설 따로 운영했더라면 반드시 따라왔을 문제가 합쳐 놓으니까 자연스럽게 해결되는 거 있지. 오히려 서로 힘이 되기도 하고. 너도 가 보면 완전 감동받을 거야."

"그래? 넌 거기서 뭘 하는데? 난 뭘 해야 되지?"

"나는 전문 봉사자들의 도우미 정도인데, 그래도 여기는 내가 오랫동안 다닌 곳이라서 나랑 산책하려고 기다리는 할아버지 할머니도 있고, 나만 보면 책 읽어 달라고 쫓아다니는 꼬마도 있어. 넌 나 따라다니면서 같이 놀면 돼."

"도우미의 도우미 역할을 하면 되겠군."

"이제 곧 프로 만화가가 되실 분을 겨우 도우미의 도우미로 써먹어서 미안."

라니가 정말로 좀 미안해하는 표정으로 두 손을 모으고 말했다.

"아아, 그런 얘기 하지 마. 안 그래도 요즘 괴로워."

"왜?"

"내가 진짜 만화 덕후인지, 그냥 한때의 관심 정도가 아니었는지 혼란스럽거든."

"너 만화 진짜 좋아했잖아. 만화 말고 다른 건 관심도 없었고."

"그랬지."

"그런데?"

"만화를 보거나 스케치를 할 때에 늘 음악을 들었거든. 음악은 그야말로 배경일 뿐이야. 음악이 있어야 만화에 더 집중이 되고 그림도 잘 그려지니까. 그런데 에브리하이라는 힙합 팀이 있는데 그들의 노래를 듣는 순간, 으."

가슴을 움켜쥐는 나를 보며 라니가 슬며시 웃는다.

"꽂혔구나."

"그렇지. 꽂힌 거지. 만화를 뒷전에 두고 몇 시간씩 음악만 듣고 있었던 건 처음이었어. 에브리하이의 가사 한 마디 한 마디가 다 마음에 콕콕 와서 박히고."

"에브리하이. 나도 찾아서 들어 봐야겠네."

"이게 좀 마니아 감성이 필요해서 니가 편하게 들을 수 있을지 모르겠다. 에브리하이는 힙합 그룹 중에서도 좀 하드한 편이거든. 노엘이라는 팀이 있는데 랩은 거기가 최고야. 원한다면 내가 파일

몇 개 보내 줄게."

"좋아. 니가 좀 골라서 보내 줘 봐. 오, 진정한 힙합 덕후의 냄새가 풍기는데."

"아아, 그러니 내가 어쩌면 좋겠냐고. 아카데미 2과정에 올라가야 하는 이 시점에, 엄마는 인턴 지원하라고 닦달을 해 대는데, 어쩐지 만화에는 관심이 딱 끊어져 버렸고, 요즘은 책상에 앉아서도 만화를 그리는 게 아니라 랩을 쓰고 있다니까, 내가."

"어머니는 니가 진짜 원하는 일을 지원해 주실 테고, 니 마음만 정하면 되겠는데, 뭘. 오랜만에 눈 반짝거리는 거 보니까 기분 좋다야. 일단 가자."

라니가 걱정할 것 없다는 듯 가벼운 얼굴로 일어섰다. 라니와 얘기하면 이런 게 좋았다. 뭔가 심각해지지 않고 마음이 홀가분해지는 것. 다 잘될 것 같은 기분이 드는 것.

그래, 어떻게든 되겠지. 비록 지금은 아무 답이 없지만.

나는 라니를 쫓아 빠르게 걸었다.

센터는 모든 게 조금 낡아 보였고, 모여 있는 노인들이나 아이들의 옷차림도 그다지 좋아 보이진 않았다. 요즘 공공 센터들 중 인공 지능 시스템으로 돌아가는 곳도 많고 현관에서부터 로봇 도우미가 안내하는 곳도 많은데 여기는 그런 곳과는 거리가 멀었다. 하지만 나무가 많아 신선하고 건강한 느낌이 들었고, 방에서는 향긋한 냄새가 나고, 사람들 얼굴도 편안해 보였다.

휠체어에 앉은 할아버지 할머니들이 "라니 왔어?" 하면서 반갑게 웃었고, 꼬마들은 "라니, 라니"를 외치며 달려들었다. 봉사자들도 라니를 향해 미소 지으며 알은체를 했다.

이런 식의 센터에서 봉사하는 사람들도 각기 다른 아카데미 출신들이다.

재활이나 운동 치료사도 있고, 심리 상담을 맡은 선생님도 있다. 영양과 요리는 말할 것도 없고, 청소나 빨래도 가정관리 아카데미를 나와야 할 수 있다. 이곳은 어린아이들이 있어서 교육을 전공한 선생님도 있는데 음악, 미술, 체육은 특수전공 선생님이 일주일에 한 번씩 찾아와서 수업을 하고 간다고 했다. '덕후가 자라서 프로가 된다'는 게 괜한 말이 아니다.

라니는 유니버시티 학생답게 이 모든 것을 조금씩 할 수 있고, 이 말은 곧 어디서나 보조 역할을 맡고 있다는 뜻이다.

말이 어눌하고 느릿느릿한 할머니 한 분이 물리치료를 받고 있었는데 라니는 치료사보다도 정확히 할머니가 불편한 부분을 짚어 냈다.

"여기요? 여기가 아프세요?"

"어… 거기…."

라니는 치료사 선생님을 도와 할머니의 무릎과 발목을 부드럽게 매만지며 이쪽저쪽으로 돌리기도 했다. 할머니는 "으어…" 하는 소리를 내며 눈을 감고 웃었다.

라니가 가는 곳마다 쫓아다니며 숨어서 지켜보던 꼬마가 있었는데, 잠깐의 틈이 나자 잽싸게 라니의 손을 끌고 도서실로 갔다.

"나, 이 책⋯."

"이 책 읽어 달라고?"

"응, 응."

큼, 큼, 목소리를 가다듬고 라니가 그림책을 읽기 시작하는데 꼬마는 눈을 반짝이며 방싯 웃었지만 나는 라니 뒤에 앉아 있다가 기절할 뻔했다. 이건 뭐, 동화 구연자라거나 목소리 연기자 못지않은 실력이었다.

"쿠오오오, 크르르, 크르."

못됐지만 멍청한 용이 불을 뿜다가 지쳐서 쓰러지는 마지막 장면은 정말 최고였다. 나는 꼬마와 함께 열렬히 박수를 쳤다.

연달아 세 권을 읽어 준 다음에야 라니는 도서실을 나올 수 있었다.

"대단한데. 이 정도 덕력이면 거의 프로급이야."

"그치? 괜찮지? 크크."

"장난 아니야. 예능 아카데미나 거기가 싫으면 유아교육 아카데미 같은 데를 알아보지 그래?"

"글쎄."

이런 얘기를 나눌 때마다 라니에게서 볼 수 있는 표정이 또 나왔다. 약간 시큰둥하면서 크게 관심 없다는 듯한, 그야말로 헐렁한 표정.

"넌 진짜 뭘 하고 싶은 건데? 우리도 이제 2과정 올라가는 나인데 뭔가 계획이 있어야 될 거 아니야?"

"내가 늘 말했잖아. 뭔가 한 가지를 정해 놓고 그것만 하면서 사는 인생은 재미없다고."

"제일 좋아하는 거, 제일 잘할 수 있는 거를 찾아서 열심히 하는 건 나쁘지 않잖아. 어차피 뭔가 직업이 있어야 돈을 벌고 살아갈 수 있으니까."

"보조 알바를 하면 돼. 보조 알바 자리는 많이 있고, 돈도 적당히 벌 수 있어."

당장 나부터 만화 아카데미를 자퇴할지 어떨지, 힙합 덕후가 될 수 있을지 어떨지 갈팡질팡하고 있는 주제에 라니의 한가한 얘기를 듣고 있으니 왠지 마음이 답답하면서 불끈 화가 치밀어 올랐다.

"넌 재능도 많고 예쁘고 똑똑한데 평생 보조 알바나 하면서 살겠다는 거야?"

"보조 알바가 어때서 그래? 다양한 프로 덕후들을 옆에서 지켜보는 것도 꽤 재미있어. 그리고, 한 번 뿐인 인생인데 지금 좋아하는 걸 하면서 오늘을 즐겁게 살면 되는 거 아니야? 난 그렇게 생각하는데?"

"…"

라니는 이제 주방에 들어가 커다란 도마에 무를 올려 놓고 슥슥 썰기 시작했다. 나도 옆에서 쌓여 있는 무 하나를 들고 썰어 보려는

데 이게 보기처럼 쉽지가 않았다.

조리사 선생님이 라니에게 다가오더니 웃으면서 말했다.

"생채용이니까 잘 알아서 썰어 주세요."

"걱정 마세요."

"옆에 친구는 칼질 처음 해 보나 보다?"

"아, 얘가 만화 아카데미 다녀서 손재주가 좋은데 요리는 별로 안 해 봐서요."

"어머, 만화 아카데미 다니는구나. 그럼 무 썰지 말고 나 프로필 하나 그려 주지?"

나는 어쩐지 기분이 나빠져서 퉁명스럽게 대답했다.

"아니에요. 오늘은 보조 알바 하려고 온 거예요."

건방지게 생색을 낸다 싶었는지 조리사 선생님이 입을 조금 삐죽 내밀더니 나가 버렸다.

라니가 삭삭삭, 소리를 내며 무를 썰고 있는 옆에서 써걱, 뚜걱, 무를 썰다 보니 조금씩 마음이 차분해졌다.

'… You Can Fly, 누가 뭐래도

higher, 나는 절대로

저 하늘 위에 새들보다, 내 꿈을 포기 못 해

You Can Fly, 누가 뭐래도

Higher, 나는 절대로

단 하나뿐인 그대와 나, 내 꿈을 포기 못 해

Fly, My Baby, 세상이 뭐라고 말해도

Fly, fly, get em up high, 누가 뭐래도 가라고 go, go

Fly, My Baby, 사랑이 널 두고 떠나도

Fly, fly get em up high…'*

홍얼거리는 게 들렸는지 라니가 시선은 그대로 무릎 향한 채로 고개만 살짝 내 쪽으로 돌려 물어본다.

"그게 에브리하이 노래야?"

"응."

"괜찮은데?"

그래, 괜찮다. 에브리하이의 노래도 괜찮고, 만화 덕후였던 지난 3년도 괜찮고, 어쩌면 뒤늦게 힙합 덕후로 전향하여 우왕좌왕하게 될지 모르는 앞으로 몇 년도 괜찮다. 아직은 도무지 답이 없어 보이는 인생이지만 그것도 다 괜찮다.

나는 덕후 헌장에 마지막 한 문장을 덧붙이기로 했다.

'좋아하는 일을 하며 오늘을 즐기는 자, 그가 진정한 덕후다.'

* 소설 속의 노래 가사는 에픽하이의 〈raise the curtain〉, 〈fly〉입니다.

덕후가 되고 싶어 했던 아이를 하나 알고 있어요.

주변에 하도 무슨 덕후, 무슨 덕후가 많으니 아무것에도 덕후가 되지 못한 자신이 좀 매력 없어 보였는지, 친구들 사이에서 좀 더 개성적으로 보이며 튀고 싶었는지, 하여간 덕후가 되고 싶어서 노력하는 아이였죠.

내가 보기에 그 아이는 자신이 어떤 분야의 덕후가 되면 좋을지 연구를 좀 했던 것 같아요. 코바늘뜨기나 묘기 줄넘기 같은 건 마음과 달리 몸이 따라 주질 않아 곤란하고, 연예인이나 일본 만화 덕후들은 너무 흔하게 널린 것 같아 싫고, 초콜릿 덕후라거나 매운맛 덕후 같은 건 어쩐지 좀 시시해 보이고.

아이 참, 무슨 덕후가 되는 게 좋을까. 어떤 덕후가 되어야 은근 멋져 보이면서도 내 재능과 적성하고도 맞아떨어질 수 있을까, 고민이 길어졌죠.

고민을 하다 보니 덕후가 되는 것만이 문제가 아니라는 생각도 들었어요. 진짜로 내가 좋아하는 게 뭔지, 난 뭘 잘할 수 있을지, 참으로 내가 품고 있는 덕후의 씨앗이 무엇인지 진심으로 궁리해 보게 되었지요.

열심히 궁리해서 찾아내는 덕후 말고 가만있어도 저절로 터져 나온 덕후라면 더 멋지겠지만, 이렇게라도 덕후의 싹을 키워 내 어엿한 성덕=성공한 덕후로 우뚝 설 수 있다면 그 또한 나쁘지 않다고 생각했어요.

그렇게 고민하고, 상상하고, 도전하고, 실망하고….

그러다가 그 아이는 대단히 유명하고 엄청 독특한 덕후까지는 아니지만 적어도 자기가 좋아하는 어떤 일을 조금씩 해 나가는 어른이 되었어요. 여전히 수많은 덕후들의 세계를 동경하며 기웃거리고 있지만요.

덕후든 덕후가 아니든, 세상엔 재미있는 일들이 많이 있으니까요.

블랙버젯을
쫓다

윤혜숙

1

분명 UFO헌터는 나타날 것이다. 《UFO를 찾는 사람들》 카페지기인 그에게 강연 제목은 심장이 오그라들 정도로 매혹적일 테니까. 블랙버젯 그놈을 잡기 위해서는 꼭 그를 만나야 했다.

'외계 과학기술, 어디까지 왔나?'

초대 강연은 코스모스책방에서 한다고 했다. 전직 과학잡지 기자가 꾸리는 책방이었다. 과격한 이론으로 물의를 일으켰던 강연자는 학계에서는 따돌림을 당했지만 재야에서는 꽤 유명했다. 그렇다 해도 책방 주인과 막역한 사이가 아니라면 그런 작은 곳에서 강연 할 사람이 아니었다.

서울 외곽이지만 경기도나 마찬가지인 그곳까지 가려면 두 시간은 걸릴 것이다.

무슨 일?

걱정 말고 잘 다녀와. ♣♣♣

첫 문자를 날린 사람은 동아리 신입회원 은하였다.

"우주 어딘가에 지구 비슷한 행성이 있으면 뭘 해. 갈 방법이 없는데…."

UFO를 믿지도 않으면서 동아리에는 왜 들어온 거야? 은하의 시큰둥한 얼굴 위에 뭘 알고 있다는 뉘앙스의 클로버가 겹치면서 기분이 영 꿀꿀했다.

출근 시간과 맞물려 지하철은 꿉꿉한 땀내와 화장품 냄새로 숨 쉬기조차 힘들었다.

'블랙버젯, 그깟 놈 때문에 이게 무슨 고생이람.'

블랙버젯이 다시 카페에 나타난 건 세 달 전이었다. 그간의 공백을 메우기라도 할 듯 그는 하루가 멀다 하고 장문의 글을 올렸다. 처음엔 나도 '흥미로운 의견, 잘 읽었다'는 칭찬 섞인 댓글을 달기도 했다. 회원들 호응에 힘을 얻었는지 블랙버젯이 본색을 드러내는 데는 한 달도 안 걸렸다.

블랙버젯은 자기와 생각이 다른 글에는 드러내 놓고 딴지를 걸었다. 그렇다고 무례하게 욕설을 퍼붓거나 비웃음을 가장한 강짜를 부리는 건 아니었다. 지나치리만큼 냉정하고 이성적으로, 상대방이 놓친 부분을 지적하면서 조곤조곤 할 말 다 하는 식이랄까. 나중에야 우주 과학자들, 기술자들, CIA요원 같은 전문가들이 외계인과 함께 신무기와 첨단비행물체를 연구 개발하는 미국 정부의 비밀 프로젝트 이름이 블랙버젯이라는 걸 알고 나서는 황당하다 못해 어이없기까지 했다. 닉네임과는 어울리지 않게 써 대는 글이 UFO와 외계인이 절대 존재할 수 없다는 것을 과학적 근거로 증명하는 식이기 때문이었다.

손바닥만 한 대한민국에서 며칠에 한 번씩 UFO가 출몰한다는 게 좀 거시기했는데 블랙버젯의 글 때문에 제 생각이 틀리지 않았다는 확신이 들었어요. 땡큐^^

이 글도 역시나 톡 쏘는 사이다 맛!! 블랙버젯 님은 케네디 우주센터에 근무하셔도 될 듯요.

이런 댓글을 볼 때마다 모니터를 박살 내고 싶을 지경이었다.
'블랙버젯…. 도대체 넌 누구야?'
블랙버젯이 카페를 휘젓고 다닐 동안 내가 알아낸 거라곤 지난 5년 동안 카페 활동을 접었다가 최근 재개했다는 것, 과학 잡지에서 퍼다 쓸 정도로 그의 글이 꽤 인기를 끌었다는 것, 돌연한 실종이 미국 유학 때문일 거라는 소문이 돌았다는 것, 천문우주학을 전공

하는 대학원생이라는 것… 겨우 그 정도였다.

　최근 내가 올린 〈우주 역사가 UFO를 증명한다〉는 글만 해도 그렇다. 어떤 카페에 올라온 〈우주는 무한하며 외계인(E.T.)은 무수히 많다〉, 〈2천 년 전, 베들레헴 별은 UFO였다〉라는 글을 보고 자타공인 UFO 전문서인 『상대적이며 절대적인 UFO 백과사전』을 토대로 재해석한 것이었다. 그 글을 쓰느라 거짓말 좀 보태 일주일을 잠도 못 잤다. '고고학과 우주과학의 절묘한 만남' 그런 댓글에는 가슴이 벅차고 뿌듯했다. 블랙버젯의 댓글을 보기 전까지는.

　설마 예수님이 외계인이라고 우기는 건 아니죠? 님의 편협한 시각이 심히 걱정되네요. 게시판 259번 글을 꼭 읽어 보시길.

　게시판 259번을 클릭했더니 〈증명하지 못하면 존재도 부정된다〉는 페르미의 역설을 해석한 블랙버젯의 글이었다.

　이번만이 아니라 블랙버젯은 사사건건 내 글이 어설픈 논리들을 짜깁기한 거라 조금만 뜯어보면 허점투성이라고 비꼬기 일쑤였다. 이상한 건 게시글은 깜짝 놀랄 정도로 논리적인 데 비해 댓글은 다분히 감정적이라는 거였다. 매번 이런 티격태격은 '시각 차이'라며 흐지부지 끝났지만 그런 날은 흥분해서 카페지기에게 쪽지를 보냈다. 블랙버젯이 카페 존립마저 위협할 수 있으니 어떤 식으로든 조처를 취해야 하지 않겠냐는 내용이었다. 그때마다 카페지기는 대충 모른 척 묵살했다. 나중에는 은근히 나와 블랙버젯의 입씨름을 부추기는 건 아닌가 하는 의심까지 들었다. 참다 못한 내가 만나자는 쪽지까지 보냈지만 회원들과 개인적인 관계를 맺지 않다는 이유로 거절당했다. 그러던 차에 이 강연을 알게 되었다.

전철에서 내려 이십 분가량 걷자 공원 끝자락에 서점 간판이 보였다.

문을 들어서는 나를 보고 사장은 놀란 눈치였다. 이런 강연을 듣기엔 턱없이 어리다는 걸까?

"교수님 팬이거든요."

무슨 말을 더 하려다 사장은 눈으로 위층을 가리켰다.

"어린 친구가 팬이라는 걸 알면 교수님이 좋아하시겠는데. 이층에서 할 거니까 거기에서 기다리든가…."

"강의 신청을 미리 못 해서요. 여기…."

내가 우물쭈물하며 바지 주머니에서 지폐를 꺼내자 사장이 어깨를 으쓱했다.

"참가비 대신에 참석자 체크 좀 해 줄래? 혼자 하다 보니 할 일이 많아서…."

의외의 수확이었다. 막상 카페지기를 부딪치더라도 어떻게 알아볼지 막막하던 터였다.

"네. 할게요."

카페지기는 열 시가 다 되어서야 헐레벌떡 뛰어왔다. 이름이 김

종득이라는 것도, 대전에서 올라왔다는 것도 알게 되었다. 강연자의 명성 때문인지 이른 시간에다 외진 곳인데도 사람들이 꽤 많았다. 대학생 형들, 책깨나 읽었을 것 같은 누나들, 새치머리 희끗희끗한 아저씨들…. 이렇게나 다양한 사람들이 외계인과 우주에 관심을 갖고 있다는 게 놀라웠다.

교수는 1977년 가을, 칼 세이건과 다섯 친구들이 한국어를 포함해 55개 언어로 녹음된 인사말, 고래 소리, 인류의 모습, 평화의 메시지가 담긴 'Sounds of the Earth'(지구의 속삭임) 골든 디스크를 보이저 1호와 2호에 실어 우주 공간에 보낸 이야기로 강연을 시작했다. 강연자는 외계와 교신하는 단초가 될 골든 디스크를 벌써 어떤 외계 행성이 발견했을지도 모른다며 흥분했다. 외계에서 보내오는 신호를 지구인의 과학기술로 해독하지 못하는 게 안타까울 따름이라는 말에 강의실 안이 술렁였다.

카페지기에게 신경 쓰느라 강의에 집중할 수 없었지만 뻔히 아는 얘기라 강의는 그저 그랬다. 현실의 발꿈치에도 못 미치는 이론의 편협함이랄까.

점심 먹고 가라며 사장이 잡았지만 나는 괜찮다며 책방을 뛰어나왔다. 공원 쪽으로 느릿느릿 걸어가는 카페지기의 뒷모습이 보였다.

"UFO헌터 맞죠?"

불쑥 앞을 가로막았다. 철늦은 점퍼 차림이 잘 봐줘야 휴학과 복학을 두세 번 했을 법한 늙다리 대학생 같았다.

"아까 그 알바생?"

"카페 회원이에요. 여러 번 쪽지 보냈는데."

고개를 갸웃하던 카페지기는 곧 이마를 찡그렸다.

"혹시 파파이티? 누가 UFO 타고 사라졌다던."

파파이티는 내 닉네임이다. '아빠는 E.T.' 뭐 그 비슷한 뜻이다. 내가 고개를 끄덕이자 카페지기는 다짜고짜 가까운 벤치로 끌어당겼다.

"그 사람이 누구였어?"

"아빠요."

"설마?"

2

내가 처음 UFO를 본 건 초등학교 4학년 때였다. 그날은 아빠를 마지막 본 날이었다.

한 달 만에 집에 돌아온 아빠한테서는 바람 냄새가 났다. 잘나가는 건축사였던 아빠가 달라진 건 안산 아파트 현장에서 돌아온 후였다. 회사에도 나가지 않고 아빠는 칩거에 들어갔다. 두꺼운 커튼으로 막은 컴컴한 방에서 무슨 일을 하는지 알 수 없었다. 우성이 생각해서 정신 좀 차리라고 엄마가 애원해도 소용없었다. 할머니, 고모까지 방문 앞에서 소리치고, 달래도 아빠는 움쩍 않았다. 근무

태만과 직무 유기로 회사에서 잘리자 아빠는 기다렸다는 듯 방을 나와 전국을 돌아다니기 시작했다. 말이 여행이지 그 무렵 아빠는 무엇엔가 홀린 사람 같았다. 도대체 어디를 다니냐고 다그치면 아빠는 고향 어쩌고 하며 뒷말을 얼버무렸다. 주민등록증에 적힌 아빠 고향은 서울시 서대문구 봉원동 120번지였다.

"마지막이 될지도 모르니까 이건 기념품으로 가져가야겠다."

아빠는 뜯겨진 라면봉지를 주머니에 집어넣었다. 국물까지 몽땅 먹어 치운 아빠는 뒷산에 가자며 손을 잡아끌었다.

아빠와 나는 놀이터가 내려다보이는 언덕에 나란히 앉았다. 별 하나 보이지 않는 하늘을 올려다보며 아빠가 혼잣말처럼 웅얼거렸다.

"저 많은 별들 중에는 외계인이 사는 행성도 있겠지?"

"난 외계인 싫어."

"왜?"

"괴물처럼 생겼잖아. 지구에 쳐들어오면 어떡해."

"그건 만화와 영화에 나오는 얘기고. 너도 엘리어트가 부럽다고 했잖아?"

《E.T.》는 그 무렵 아빠와 함께 본 비디오였다. E.T.는 착한 외계인이었다. 자기가 사는 행성으로 돌아가기 위해 E.T.는 창고에 쌓인 잡동사니로 통신장비를 만들었다. 엘리어트와 E.T.가 손가락을 맞대는 이별 의식을 보면서 아빠와 나는 훌쩍대다가 E.T.식 인사를 하며 낄낄댔다. (아직도 나는 아빠가 그리울 때마다 《E.T.》를 본다.)

"아빠가 외계인이면 어떨 것 같아?"

"그런 말 하지 마. 진짜 무섭단 말이야."

"우리 아들만은 다를 줄 알았는데, 순 겁쟁이네."

아빠가 웃음을 터뜨렸지만 얼굴은 잔뜩 굳어 있었다.

"줄 만한 게 없네. 이건 아빠 선물."

아빠가 쥐고 있던 만 원짜리를 내 손에 쥐여 주었다. 생일, 어린
이날도 아닌데 아빠한테 선물을 받은 건 처음이었다. (아직도 난 그
돈을 『코스모스』 책 안에 고이 모셔 놓고 있다. 한참 뒤에 나는 만
원짜리 지폐에서 고대 별자리를 그린 천상열차분야지도를 발견했
고 그곳 어딘가에 아빠가 찾은 고향별이 있을 거라고 확신했다.)

"엄마 말 잘 듣고, 어디에 있든 아빠는 널⋯."

아빠의 흐린 말끝 때문인지, 그렁그렁하게 눈물이 차오른 아빠의
눈을 보아서인지 나도 모르게 콧등이 시큰했다. 새삼스럽게 아빠는
나를 와락 껴안고는 한참 동안 놓아 주지 않았다.

"아빠 또 어디 가?"

"고향에."

"아빠 고향은 서울이잖아."

내가 어리벙벙해 있는 사이 아빠는 봉긋하게 솟은 산등성이 너
머 좁은 길을 빠르게 걸어갔다. 잠시 후 나무 사이로 여러 갈래의
밝은 빛줄기가 보였다.

'쉬, 쉬이익!'

숲 안쪽에서 바람 소리인지, 풀벌레 소리인지 모를 이상한 소리
가 들렸다. 잠시 후 주변이 환해지더니 번쩍거리는 둥근 물체가 나
무 위에 멈춰 섰다.

"아빠, UFO야!"

나는 숲을 향해 소리쳤다. 아빠가 내 외침을 들으면 되돌아올 게
분명했다. 얼마 후 나무들이 일렁거리고 그 사이로 희끄무레한 것
이 둥근 물체 속으로 쑤욱 달려 올라갔다.

'아빠?'

내가 눈가를 훔치고 고개를 들었을 때 UFO는 보이지 않았다.

그날 아빠는 고향에 도착했을까? 어쩌면 아빠가 찾았던 고향은
지구가 아니라 은하수 건너 외계 행성이 아니었을까. 아빠를 떠올
리면 늘 목젖이 따끔거렸다.

"너, SF영화 덕후지? 영화에서 많이 보던 장면이라서 말이야."

카페지기가 내 얼굴을 빤히 보며 벙싯거렸다. 《필사의 도전》,《콘
택트》,《크로스 인 카운터》에서부터 《인터스텔라》,《그래비티》에
이르기까지 SF영화를, 특히 광활한 우주가 펼쳐지는 장면은 수십
번 반복해서 보긴 했다. 외계인이나 UFO가 나오지 않는 건 불만
이지만.

"아빠가 살아 계신다고 믿는 건 아니지?"

"그렇게 믿으면 안 되나요?"

나도 영화와 현실쯤은 구분하는, 지극히 정상적인 사고를 가졌다고 항변하려다 그만두었다. 엄마도, 할머니도, 경찰도, 친구들조차 내 말을 믿지 않았다. 카페지기가 그런다고 해서 딱히 실망할 일도 아니었다.

"아빠 때문이라면 다른 방법을 찾는 건 어때? 실종 신고라든가."

"경찰도 아빠를 못 찾았어요. 전국을 샅샅이 뒤졌다고요."

"이름을 바꿨을 수도 있고, 또 아님 사고로…."

경찰들과 똑같은 어투로 카페지기가 말할 때는 머리꼭지가 홱 돌았다.

"아빠는 살아 있어요. UFO를 타고 떠나는 걸 똑똑히 봤다니까요."

바락바락 악을 써 대자 당황한 카페지기가 주위를 힐끔거렸다.

"다른 목격자가 있음 또 모를까, 그때는 너도 어렸으니까 충격받아서…."

카페지기의 말 때문에 까맣게 잊고 있던 일이 떠올랐다.

"아, 있어요. 후드티!"

"후드티?"

"괴성을 지르며 펄쩍펄쩍 뛰었어요."

"UFO 때문에 놀랐나 보네. 그 후 다시 본 적은 없고?"

대수롭지 않은 일에 꼬치꼬치 파고드는 카페지기가 영 못마땅했다.

"네 말대로라면 UFO 안에서도 그 후드티를 봤겠지. 그렇다면 다시 나타나지 않을까?"

"설마요? 이제까지 같은 장소에 두 번 나타난 경우는 없었잖아요."

"삼라만상에는 예외라는 게 있잖아. 혹시 알아? 범인이 범행 현장에 다시 나타난다는 말이 외계에도 통할지…."

코끝까지 찡그리던 카페지기가 갑자기 큼큼 헛기침을 했다. 그러고는 불쑥 스프레이를 꺼내 얼굴에 쫘악 뿌렸다.

"햇빛이 너무 세서 세 시간마다 이렇게 뿌려 줘야 돼. 예전엔 안 그랬는데…."

스프레이를 두어 번 흔들고는 카페지기가 정색을 했다.

"오늘 여기 온 거 블랙버젯 때문이지?"

"올리는 글마다 열불 나게 하잖아요. 그런 글은 카페 차원에서 해결해야 하는 거 아니에요? 강퇴면 더 좋겠지만."

블랙버젯을 떠올리니 다시 속이 뒤집혔다.

"반대 없는 진실은 존재하지 않는 법이야. …블랙버젯의 글 읽으면서 넌 이상한 거 못 느꼈어?"

"이상한 거요? 눈앞에 있음 벌써 한 대 갈겼을 거예요."

내가 불퉁대자 카페지기가 빙그레해서 내 어깨에 팔을 걸쳤다.

"난 블랙버젯에게 왠지 무슨 사연이 있을 거라는 생각이 들던데. 어쩌면 UFO 존재를 더 믿고 싶어서 그런 건 아닐까? 강한 부정은

강한 긍정이라잖아?"

그러면서 카페지기는 블랙버젯의 글이 없다면 우리 카페가 일베랑 뭐가 다르겠냐, 너 같은 사람도 있으면 블랙버젯 같은 사람도 있어야 건강한 카페라며 끝까지 그 녀석을 감쌌다.

#3

다음 날 교실에 들어서자마자 진구가 득달같이 달려왔다.

"역시 은하 쟤, 의리 있더라. 둘이 사귀는 거 아냐?"

진구는 팔로 목을 감고 귓불에 콧김을 뿜어 댔다.

"징그럽게 왜 이래?"

"은하가 선생님한테 네가 동아리 일로 중요한 세미나에 갔다고 하더라. 너 정말 세미나인가 뭔가에 갔던 거야?"

대답도 않고 은하 쪽을 봤다. 입술은 일자로 굳어 있는데, 눈은 웃고 있었다. 저런 웃음, 기분을 묘하게 만들었다.

《외찾지》에 들어오겠다고 하기 전만 해도 은하에 대해 눈곱만큼의 관심도 없었다. 나에게 교실은 하루 견과 봉지였고, 아이들은 그 안에 섞여 있는 호두, 아몬드, 블루베리, 귀리 같은 것들이었다. 그중 은하는 못생긴 렌틸콩이랄까. 콩이라기에는 좀 작고, 수수라기엔 콩 맛이 강한 이상한 곡류 말이다.

〈외찾지〉는 외계행성을 찾는 지구인들의 모임이라는 학교 동아리다. 다른 아이들도 외계, UFO, 우주에 관심 많을 줄 알았는데, 막상 동아리를 시작했을 때는 겨우 열 명 모였다. 애니 특성화고라서 공부 따윈 포기한 줄 알았더니, 아닌 모양이었다. 아이들 대부분이 동양화, 서양화, 일러스트 뭐 이런 동아리와 영어소설읽기반, 집중 수학반 이런 데로 죄 몰린 걸 보면 말이다.

"왜 하필 우리 동아리야?"

"진짜 외계 행성이 있는지 궁금해서."

"네가 그런 데 관심 있다니, 의외다."

"사실은 어떤 사람 때문에."

"어떤 사람?"

"선생님도 여기 추천해 주셨어. 그냥 받아 주면 안 돼?"

은하는 교묘하게 내 질문을 피하며 선생님까지 끌어들였다. 다른 동아리에 비해 턱없이 모자란 회원 수 때문에 찬밥 더운밥 가릴 처지가 아니었다. 남자 회원들 틈에서도 은하는 별로 기죽지 않았다. 모임에 빠지지 않고 과제도 열심히 해 왔다. 두 달에 한 번 있는 천문대 답사에도 꼬박꼬박 나왔다. 그런다고 은하에게 특별한 관심이 생겼다는 건 아니지만.

"톡, 토톡, 톡, 톡톡…."

그때 은하가 모스 부호를 찍듯 볼펜으로 책상을 두드렸다. 정확하게 2시간 35분 39초 만이다. 이제 30분 뒤엔 얼굴에 수분 스프레이를 뿌릴 것이다.

동아리에서 외계 행성에 신호를 보내자는 의견이 나왔을 때 은하가 자청하고 나섰다.

'하여튼 이상한 데 열심이라니까.'

수업 끝나자마자 도서관으로 뛰어갔다. 사서 선생님이 언제나처럼 반갑게 맞아 주었다. 애니 특성화고에 가겠다고 하자 엄마는 반대도 찬성도 아닌 애매모호한 태도로 일관했다. 아빠 없이도 별다른 말썽 부리지 않고 살아 주는 게 다행이라며 할머니가 내 편을 드는 바람에 어물쩍 넘어갔다.

"너 맨날 들락거리는 카페, 이상한 데 아니지?"

"당근이죠."

카페에 접속했다. 카페 회원들은 일주일이 멀다 하고 UFO 촬영 동영상을 올렸고 몇 시간도 지나지 않아 그 아래에 줄줄이 격려의 댓글이 달렸다. '블랙버젯'의 글부터 찾았다.

"블랙버젯 좀 멋있지 않냐?"

언제 따라붙었는지 진구가 뒤에서 염장을 질렀다.

"멋있긴 개뿔! 그렇게 잘난 척하고 싶으면 다른 데도 많잖아. 하필이면 왜 여기 와서 분탕질인데."

내가 이렇게 분통을 터뜨렸지만 '블랙버젯'이 올린 글이 조회 건수 천 회를 넘기는 현실 앞에서는 꼬리를 내릴 수밖에 없었다.

기고만장한 블랙버젯을 무릎 꿇릴 방법은 UFO가 지금도 지구를 찾아오고 있다는 증거를 들이대는 수밖에 없었다.

"오늘도 거기 가?"

진구는 매일 놀이터 뒷산으로 달려가는 나를 '병적인 집착증' 아니냐며 코를 벌름거렸다.

"잠깐 들르기만 하려고. 아빠 제사라서."

"제사?"

"그렇게 됐어. 경찰서에서 실종 조사 종료한다는 통보가 왔거든."

"돌아가셨다고 믿지도 않는데 제사 지내려면… 기분 이상하겠다."

진구가 웅얼대며 내 어깨를 꾹 쥐었다 놓았다.

몇 개의 횡단보도와 골목을 지나자 낯익은 풍경이 눈에 들어왔다. 시소, 미끄럼틀, 철봉, 나무 벤치, 벤치를 덮을 만큼 무성한 단풍나무. 놀이터 뒤 좁은 길을 따라가자 아홉골계곡이 나왔다. 아파트 단지가 생기기 전까지는 꼬리 아홉 개 달린 여우가 살았다니 예전엔 제법 계곡이 깊었나 보다. 그런 이름을 가진 걸 보면.

순전히 엄마가 어거지를 써서 정해진 제삿날이지만, 아빠 무덤을 찾은 아들 같아 찜찜했다.

'아빠, 기분 나쁘지 않죠? 할머니랑 고모 때문에 어차피 제사 지내지도 못 하겠지만요.'

놀이터를 빠져나오는데 놀이터 시소 위에 조금 전까지 보이지 않던 시커먼 뭉치가 놓여 있었다. 머리카락이 쭈뼛 섰다. 숨을 죽인 채 다시 돌아봤을 때 뭉치가 갑자기 꿀렁거렸다.

허겁지겁 걸어 가로등 밑에 섰다. 시커먼 뭉치는 후드티를 뒤집어 쓴 사람이었다. 설마 사건 현장을 찾은 범인? 빠르게 뭉치에게로 다가갔다.

"누나! 그 누나 맞죠?"

누나가 고개를 들며 턱에 걸린 마스크를 끌어올렸다.

"…"

가로등을 등진 내 그림자 때문에 뭉개 놓은 그림처럼 얼굴 윤곽이 흐릿했다.

"그날 누나도 UFO 봤죠?"

"뭘?"

마스크 때문인지 목소리가 선풍기 앞에서처럼 웅웅거렸다.

"UFO가 떠 있고 푸른 빛 기둥이 저기 숲에?"

아홉골계곡 쪽을 가리키는 손끝이 가볍게 떨렸다.

"…"

후드티는 흘낏 나를 보고는 놀이터 입구로 걸어갔다. 날씨에 어울리지 않게 긴 소매 후드티였지만, 그때 내가 본 후드티가 분명했다. 뒤쫓자 싶었을 때는 후드티는 놀이터를 벗어난 후였다.

시소에 엉덩이를 걸쳤다. 후드티가 남긴 온기가 몸을 타고 올라왔다. 아빠의 제삿날에 하필이면 이곳에서, 후드티를 본 게 다 예정된 일인 것만 같아 가슴이 울렁거렸다. 간절히 바라면 우주가 움직인

다더니, 뭉클한 것이 가슴에 차올랐다.

지금쯤 할머니는 마음 붙일 데 없는 아빠를 감싸 주기는커녕 내쫓기까지 했다며 엄미를 볶아질 것이고, 잡고 말리고 협박도 했지만 무책임하게 집 나간 건 아빠라며 엄마는 눈물을 쏟겠지.

집에 들어왔을 때 할머니와 고모가 벌써 한바탕하고 갔는지 엄마는 거실 바닥에 반쯤 넋이 빠진 채 앉아 있었다.

"거 봐요. 다들 아빠가 살아 있다고 믿는다니까요."

"너도 그래?"

"살아 계시긴 한데 지구는 아닌 것 같아요."

"그건 무슨 뚱딴지같은 소리야. 너도 아빠 닮아 가니?"

쏘아붙이는 엄마의 목소리에 물기가 배어 있었다.

제사상 위에 놓인 사과를 한입 베어 먹었다. 어쩌면 엄마도 아빠가 어딘가 살아 있기를 바라는 건 바란 건 아닐까? 그런 생각이 문득 들었다.

4

같이 가자는 아이들을 쫓아 보내고 동아리방에서 나온 건 일곱시가 다 되어서였다. 도서관 앞 사거리에는 많은 사람들이 서 있었다.

"앗, 저게 뭐지?"

누군가의 말에 사람들이 일제히 산마루 쪽으로 고개를 돌렸다. 얼핏 봐도 놀이터가 있는 아홉골계곡 쪽이었다. 눈앞에서 보름달만 한 둥근 빛 뭉치가 은백색의 빛을 뿜어내고 있었다.

"비행기가 추락한 게 아닐까요?"

"설마? 사이렌도 안 울렸잖아요?"

"산불이 아니었음 좋겠는데"

나는 앞뒤 재지 않고 사람들 틈으로 파고들었다. 잠깐 멈춘 듯하던 발광체가 통째로 서서히 옆으로 이동했다. 동영상으로 보았던 UFO의 움직임과 똑 같았다.

"저건 UFO예요, UFO."

소리치면서 가방 안을 뒤졌다. 이런 결정적인 순간에 핸드폰이 없다니. 급한 마음에 가방을 거꾸로 들고 흔들었다. 핸드폰은 보이지 않았다.

"저게 UFO면 난 외계인이겠다."

그때 누군가 구시렁댔다. UFO와의 상봉에 초를 쳐도 유분수지, 고개를 들자 사람들 틈으로 서류가방을 든 아저씨가 보였다. 그때 사람들 틈에서 찢어진 목소리가 튀어나왔다. 후드티를 손에 든 은하였다.

"UFO가 아니란 증거 있어요?"

얼굴까지 벌개지며 펄펄 뛰는 은하가 낯설었다.

"학생은 무슨 근거로 UFO라고 확신하는데?"

핸드폰 사진을 넘기며 서류가방 아저씨가 실실거렸다.

"조금 전에 아저씨도 눈으로 봤잖아요? 그것보다 확실한 증거가 어딨어요. 우성아, 이 아저씨한테…"

"그런 얘기 듣고 있을 만큼 나 한가한 사람 아니야."

"아저씨, 사진 좀…"

서류가방 아저씨가 횡단보도 안으로 성큼성큼 걸어갔다. 결정적인 사진을 놓친 건 핸드폰을 동아리방에 놓고 온 내 잘못이지 은하 탓이 아니었다. 알면서도 참을 수 없이 짜증이 일었다.

흥분을 가라앉힐 틈도 없이 방금 목격한 UFO에 대해 글을 올렸다. 바로 댓글이 달렸지만 사진과 동영상이 없어서인지, 거짓말쟁이 취급을 당했다. UFO가 너무 크다는 둥, 아홉골계곡 근처에 사는데 자기가 못 봤을 리 없다는 둥 시비 거는 글이 대부분이었다. 자정이 다 되도록 블랙버젯의 댓글이 보이지 않았다. 교통사고라도 당한 거야? 블랙버젯을 겨냥하고 쓴 글인데 아무런 반응이 없자 맥이 풀렸다. 나중에라도 블랙버젯이 꼼짝못할 확실한 근거를 찾아야 했다.

한국 UFO분석센터 사이트에 들어갔다. 눈에 들어오는 글 하나가 올라와 있었다. 역시나 아홉골계곡에 출몰한 UFO에 대한 언급이었다.

기상청에 문의해 본 결과, 그 시각에 수도권에서 관측용 기구를 띄운 적 없고, 인공위성 포세이돈이 지나가긴 했지만 3등급이라 이렇게 밝은 빛을 낼 수 없다. 오늘 출몰한 UFO만큼 빛나려면 국제 우주정거장 ISS의 인공위성 정도여야 하는데 확인 결과 그 시각에 우리나라 상공을 지나가지 않았다고 밝혔다.

내가 본 게 UFO였다는 게 확실해졌다. 이를 증명할 사진과 동영상이 필요했다.

밤새 블로그와 카페, 페이스북과 트위터를 다 뒤져 UFO 사진을 찍은 서류가방 아저씨의 블로그를 찾아냈다. 다음 날 아침까지도 카페에 블랙버젯의 댓글은 없었다.

내가 쫓아내지만 않았다면 자기도 UFO를 봤을 거라며 전화기 저쪽에서 진구가 방방 떴다. 서류가방 아저씨 얘기를 꺼내자 진구는 잘 아는 동네라며 같이 가야 한다고 몇 번이나 다짐을 받았다.

진구를 만나기로 한 우리슈퍼는 전철 맞은편 골목 끝 마을공원과 마주하고 있다고 했다. 허름한 다세대주택들이 산비탈에 바짝 붙어 있었다. 양팔을 뻗으면 벽이 닿을 것 같은 좁은 골목으로 들어섰을 때였다.

"좋은 말 할 때 지갑 내놔라!"

"어쭈, 생긴 것도 완전 재수탱이야. 얼굴은 왜 그 모양인데?"

퍼뜩 진구가 머릿속을 휙 지나갔다. 요즘 극성스럽게 돌아다니는 여드름 때문에 잔뜩 앓는 소리를 하던 진구였다. 피부과를 뻔질나게 들락거리는 모양이었지만 별 진전이 없었다. 재수탱이가 진구라면? 떼거리로 달려들면 곤죽이 될 건 뻔했다.

"진구야, 토껴."

패거리 안으로 뛰어들자 시시덕대던 패거리들이 뜨악하게 쳐다보았다.

"이건 또 뭐야? 똥파리는 지난여름에 다 뒤진 줄 알았는데."

빈정거림과 함께 등 위로 날카로운 발길질이 쏟아졌다. 간신히 신음소리를 삼키는데 묵직한 것이 몸 위로 겹쳐졌다. 멍청한 새끼. 맷집은 내가 너보다 낫거든. 연이어 퍽퍽 소리가 들려왔다. 저러다 죽을지도 모른다는 생각이 들자 몸이 바짝 굳었다.

"여자라서 봐주려 했는데, 자꾸 뻗대면 생각이 달라지지."

뭐, 여자! 진구가 아니었단 말이야. 어쩌다가 일이 이렇게 꼬인 거지. 나의 오지랖이 창피하고 미안했다. 때마침 골목 안에 사이렌 소리가 울렸다.

"완전 김샜다. 다음엔 짭새 달고 오면 국물도 없을 줄 알아."

누군가 발에 힘을 실어 거칠게 몸을 걸어찼다. 다다닥. 땅바닥에 짓눌린 얼굴을 들었을 때 후드티의 뒷모습이 눈에 들어왔다.

"야, 괜찮아?"

"어디 있었어? 하마터면 세상 하직할 뻔했잖아?"

나를 일으켜 세우는 진구에게 있는 대로 분풀이를 해 댔다.

"나도 할 만큼 했다 뭐. 사이렌 소리 누가 냈겠냐?"

핸드폰 사이렌 앱을 흔들며 진구가 입을 비죽댔다.

"걸을 수 있겠어? 엄청 맞았잖아."

"후드티 누나는?"

터진 입술이 따끔거려 얼굴이 찌푸려졌다. 진구 뒤에서 후드티가 움칠대며 일어섰다.

"은하야!"

진구와 내가 동시에 소리쳤다. 나 대신 매를 맞은 게 은하라는 것보다 은하가 입은 검은 후드티 때문이었다.

"여긴 어떻게 왔어?"

"은하가 네가 찾던 UFO 사진 벌써 카페에 올라왔다고, 그걸 너한테 알려 줘야 한다고 전화해서…. 은하도 동아리 회원이잖아."

진구가 내 눈을 피하며 우물거렸다.

5

은하가 결석했다. 토요일 일 때문에 가득이나 찜찜한데 진구가 노는 시간마다 내 앞에서 알짱거렸다. 마치 은하가 결석한 게 내 탓인 것처럼.

"담임 선생님이 아무 말 안 했잖아."

그날 병원까지 데리고 갔어야 하는 건데. 절름거리던 은하의 뒷모습이 자꾸 어른거렸다.

수업이 끝나고 교실을 빠져나가는 진구를 불러 세웠다.

"집에 가 보자. 께름칙해."

은하 집은 사거리 주유소였다. 시내로 들어가는 초입에 있는 주유소라 들락거리는 차들이 많을 텐데 차 한 대 보이지 않고 어딘가 많이 어수선했다. 잠시 후 사무실에서 나온 알바생이 우리를 힐끔 보고는 '임시 휴업' 안내판을 내걸었다. 뒤따라 나온 여자아이가 심 드렁하게 말했다.

"오늘도 문 닫는 거야?"

"은수 비슷한 애를 찾았다는 전화 올 때마다 그랬잖아. 새삼스럽 게 왜 묻냐?"

"이번에도 허탕일 테니까 그렇지…"

티격태격하던 알바생을 쫓아 사무실로 들어갔다.

"학교 친구인데요, 은하 있어요?"

"사장님 따라가지 않았으니까 제 방에 있겠지 뭐. 왜 무슨 일인 데?"

"담임선생님이 왜 결석했는지 알아보라고 해서…"

거짓말이 술술 나왔다.

"쟤들 데리고 2층에 올라가 봐."

위아래로 훑어보고는 알바 형이 여자아이에게 명령하듯 말했다.

살림집은 주유소 2층에 있었다. 같이 올라온 여자아이가 "은하야, 친구들 왔어" 소리치고는 턱짓으로 맞은편 방문을 가리켰다.

"이모, 은하 걱정돼서 왔대요."

거실에 앉아 있는 여자를 향해 소리쳤지만 여자는 핸드폰을 들여다볼 뿐 꼼짝도 않았다.

방은 동굴처럼 어두컴컴했다. 천장을 도배한 야광 스티커 때문에 흐릿하게 방 안이 눈에 들어왔다. 은하는 보이지 않았다.

"화장실 갔나?"

중얼거리며 방 안을 둘러보았다. 여자아이 방에서 기대했던 레이스 달린 창문, 앙증맞은 침대, 곰 인형 같은 건 없었다. 엉거주춤 의자에 걸터앉았다. 책상 모서리에 수분 스프레이가 여러 개 놓여 있었다.

조금 전까지 사용했는지 전원이 깜박거리는 컴퓨터가 눈에 들어왔다. 슬금슬금 다가가 엔터키를 두드렸다. 이내 모자를 뒤집어쓴 후드티가 모니터 화면을 가득 채웠다.

"네가 말한 후드티 누나 아냐?"

진구의 말이 머릿속에 웅웅거렸다. 빠르게 문서 파일을 클릭했다. 진구의 거친 숨소리가 뒤통수에 느껴졌다.

"은하가 블랙버젯이었나 봐."

"진짜? 말도 안 돼."

"이건 블랙버젯의 글 파일이야."

뒤통수를 세차게 얻은 맞은 기분이었다. 블랙버젯을 알아낸 것도 기절할 일인데 은하가 블랙버젯이라니. 〈외찾지〉에 들어온 것도 다른 목적이 있었던 걸까? '배신감'이라는 단어가 머릿속을 헤집었다.

"저 두꺼운 커튼도 수상해."

진구가 달려가 커튼을 젖혔다. 복잡한 수학 공식이 유리창 전면을 가득 채우고 있었다.

"이거 그 공식 맞지?"

"응. 우주에 생명체가 있다는 가설을 밝히는 드레이크 방정식."

오십 년 전 프랭크 드레이크는 인간과 접촉할 가능성이 있는 외계인의 확률을 계산하는 공식을 만들었다. 드레이크는 지구와 유사한 환경을 가진 행성이 있다면 그곳에도 지적 생명체가 있을 가능성이 높다고 주장했다.

"블랙버젯과 드레이크 방정식, 안 어울리지 않아?"

내 말에 진구가 뜨악한 얼굴로 어깨를 으쓱했다. 오래전에 썼는지 잉크가 딱딱하게 말라 있었다. 컴퓨터와 창문을 번갈아 보던 진구가 내 어깨를 툭 쳤다.

"화장실에 간 게 아닌가 봐. 은하한테 무슨 일이 있는 거 아냐?"

"거기 가 보자."

"거기? 어딘데?"

은하가 후드티라면 짚이는 곳이 있었다. 컴퓨터 전원을 끄고 방을 나왔다.

저녁 햇살이 가라앉은 숲은 고요했다. 풀벌레 소리보다 진구의 숨소리가 더 크게 들릴 정도였다.

"도대체 어디 있다는 거야? 놀이터에도 없었잖아. 사람이 있을 만한 데도 없어 보이는데."

연신 주위를 두리번대며 진구가 투덜거렸다. 겉보기와는 달리 바위산이라 조금만 방심했다가는 돌부리에 걸려 무릎팍이 깨지기 십상이었다. 조심하라는 말도 하기 전에 무언가 아래로 뚝 떨어지는 소리와 함께 진구의 비명소리가 들렸다.

"으악, 누가 이런 걸 파 놓은 거야."

"조심하라니까. 괜찮아?"

무릎을 꿇고 아래로 내려보자 한 사람은 충분히 숨을 만한 구덩이가 보였다. 떨어지면서 발목을 접질렀는지 신음소리가 들렸다.

"금방 내려갈게. 좀만 참아."

미끄러지지 않으려고 나뭇가지를 잡아당기며 아래로 내려갔다. 구덩이 쪽으로 발을 떼다 그루터기에 앉아 있는 은하와 눈이 마주쳤다. 은하는 혼이 빠져나간 듯했다.

"여기 있을 줄 알았어."

블랙버젯이 너 맞냐고? 후드티와는 무슨 사이냐고? 그 말이 입 안에서 맴돌았다.

"컴퓨터 보고 좀 놀랐어. 네가 블랙버젯이었던 거야?"

목소리가 심하게 떨려 나왔다. 은하는 얼빠진 듯 멀거니 나를 쳐다볼 뿐이었다.

"블랙버젯은 은수 언니야."

"은수 언니? 그러면 내가 본 후드티도 은수 누나였던 거야?"

은하가 갑자기 울음을 터뜨렸다. 역시 예상이 빗나가지 않았다. 은하가 드레이크 공식 같은 걸 알 리 없었다. 동아리 모임 때마다 은하는 처음 듣는 이야기처럼 신기해했다. 회원들도 문외한인 은하를 동아리에 끌어들였다며 은근히 못마땅해했다.

"언, 언니는 죽었을지 몰라. 경찰이 시체를 찾았다고…"

은하의 어깨가 크게 들썩거렸다.

"그런 전화 여러 번 왔다며? 이번에도 아닐 거야."

알바 형의 말이 떠올라 나는 잔뜩 목소리에 힘을 주었다.

"정말?"

고개를 든 은하의 얼굴이 눈물 자국으로 얼룩덜룩했다. 나도 모르게 세차게 고개를 끄덕였다. 구덩이를 기어 나온 진구가 절뚝거리며 슬며시 옆에 앉았다.

"그날 왜 도망가지 않았어? 나 때문은 아닐 테고."

"언니도 걸핏하면 맞고 들어왔어… 어떤 기분이었을까 알고 싶었어."

"왜 뚱뚱해? 아님 못생겼나?"

'눈치 없으면 가만히 있기나 하지.'

째려보는 나한테 '뭘?' 하며 진구가 입을 동그랗게 말았다.

"중학교 때부터 언니 몸이 변하기 시작했어. 하얗게 각질이 일어나고 나중엔 피부가 악어 껍질처럼 쩍쩍 갈라졌어. 눈썹도 빠지고 어떤 날은 베개 가득 머리카락이 묻어 있었어. …피부과 의사도 원인을 모르겠대. 별별 약을 다 썼는데 소용없었어. 자외선을 피하고 수분 공급을 자주 해 주는 게 유일한 처방이라고. 그때부터 언니는 스프레이를 달고 살았어. 그렇지 않으면 바깥에 나갈 수 없었으니까."

은하의 눈에 눈물이 그렁그렁 차올랐다.

"외모를 비관해서 가출한 거네?"

저놈의 주둥이를 뽑을 수도 없고. 오늘따라 유난히 눈치 없이 진구가 불쑥불쑥 끼어들었다.

"집 나가기 전 날에도 엄청 맞고 들어왔는데 어딘가 달랐어. 잔뜩 들떠 있는 것 같기도 하고. 무슨 일이 있냐고 물었더니… 자기가 있을 곳을 찾았다고."

"그게 오 년 전이라고?"

은하는 대답은 않고 주머니에서 스프레이를 꺼내 가만히 들여다보았다. 은수 누나가 후드티라면 그날 아홉골계곡에서 UFO를 본 건 아빠만이 아니었던 거야.

"그 컴퓨터는 은수 누나 거고."

나는 혼잣말처럼 중얼거렸다. 순간 엉켜 있던 실타래가 스르르 풀렸다. 은수 누나가 사라진 후 컴퓨터에서 파일을 찾아낸 은하가 은수 누나 대신 블랙버젯으로 활동했다는 것, 언니의 후드티를 입고 아홉골계곡에서 언니가 돌아오기를 기다렸다는 것… 언니로 추정되는 시체가 발견되었다는 전화에 무작정 이곳으로 달려왔다는 것.

"누나라면 자기 글을 알아볼 거라고 생각한 거지? 아마 누나가 그 글을 봤더라도 돌아오지 못했을 거야."

은수 누나가 자외선 없는 행성을 찾았기 때문이라는 말은 하지 않았다. 아빠처럼 은수 누나도 자기 행성을 찾았기를 믿고 싶었기 때문이었다.

"왜, 왜 안 오는데? 5년 동안 무사하기를, 돌아오기를 기다린 엄마와 아빠, 나 같은 건 아무것도 아니란 말이야."

"너 왜 그래? 은하가 아니라잖아?"

진구가 덩달아 눈을 부라렸다. 그때 은하의 핸드폰에 울렸다.

"…언니가 아니라고. 아빠, 정말이지? …언니가 아니었대."

우는 건지, 웃는 건지 은하의 얼굴이 심하게 일그러졌다.

"거봐. 누나는 여기에 없다니까. 저기 다른 행성에 있을 거라니까."

내가 잔뜩 목에 힘을 주었다.

"아무리 위로도 좋지만 그래도 너 지금 너무 나갔어."

진구가 진정하라며 내 어깨를 세게 눌렀다. 은하는 손바닥으로 눈가를 훔쳐 내며 나를 쳐다보았다.

"나도 처음엔 그랬어. 어떻게 엄마와 나를 버리고 떠날 수 있을까? 도무지 이해할 수 없었거든. 그런데 언제부턴가 아빠한테 지구 어느 곳도 마음 붙일 데가 없었을지도 모르고, 어쩌면 아빠는 지구보다는 다른 행성에 더 맞는 사람은 아닐까 하는 생각이 들더라. 지금은 아빠의 선택을 존중하기로 했어. 어쩌면 아빠도 내가 그러길 바랄 거라고 말이야."

은하를 위로하기 위한 거짓말이 아니었다. 정말 그렇게 믿었다.

"언니가 외계 행성을 찾았다고?"

은하는 혼잣말처럼 웅얼거리며 하늘을 올려다보았다. 캄캄하던 하늘 사이로 하나둘 별이 돋기 시작했다.

"그랬을 거야. 우리에게는 불가능한 게 외계 행성에서는 가능할 수도 있으니까. 진구 너도 그랬잖아. 인간의 과학 기술이 아무리 발전했어도 사람처럼 생각하고 말하는 로봇은 만들 수 있어도 인간처럼 걷고 달리는 로봇은 못 만든다고."

"그야 그렇지만…."

진구가 뒷말을 흐리며 뒷머리를 긁적였다.

"바로 그거야. 어떤 외계 종족은 로봇을 만들지는 못하지만 스카이콩콩 타는 것처럼 점프해서 행성을 이동하는 기술이 있다는 거지. 그러니까 지구인은 다른 은하계로 가는 데 수백 년이 걸리는데 그 외계 종족은 몇 초 만에 옮겨 갈 수 있는 거야. 이렇게 말이야."

나는 스카이콩콩을 하듯 가볍게 바위 아래로 뛰어내렸다.

"인간의 상상력이라는 게 얼마나 비과학적이고 비논리적인데."

시큰둥하게 말했지만 진구의 말에는 힘이 없었다. 나는 흔들리는 은하의 눈을 보며 쐐기를 박듯 말했다.

"그럼 UFO를 직접 추적했던 사람이 있다면 믿을 수 있겠어?"

"정말 그런 사람이 있어?"

되묻는 은하의 눈이 별처럼 반짝였다.

나는 한참 전에 본 다큐멘터리 이야기를 했다.

1980년 3월 31일, 팀 스피리트 훈련에 참가 중이던 임 대장과 네 명의 군인은 긴급출동명령을 받고 대구에서 강릉 쪽으로 날아가고 있었다. 얼마 가지 않아 갑자기 푸른빛을 발광하는 이상한 비행물체가 전투기 앞으로 나타났고 임 대장은 즉각 지상통제소에 보고했다. 강릉행을 포기하고 계속 추적하라는 지시가 떨어졌고 그들은 40분 넘게 비행물체, 아니 UFO를 쫓았다. 자그마치 40분 넘게 말이다. 말을 하다 보니 마치 내가 전투기 안에 앉아 있는 것처럼 가슴이 벅찼다. 임 대장을 만난다면 UFO를 타고 온 외계 행성이 있다고 확인해 줄 것이고, 아빠와 은수 누나가 외계 행성 어딘가에 살아 있음을 진짜 믿을 수 있을 것 같았다. 은하가 갑자기 벌떡 일어나며 소리쳤다.

"대구 가자, 대장님 만나러."

"지금?"

"응. 지금 당장!"

가슴속으로 뜨거운 것이 올라왔다. 어느새 나는 은하의 손을 잡고 있었다.

지난해 와우북페스티벌의 슬로건은 "질문하는 문학, 상상하는 과학" 이었다. 그해 전 세계를 강타했던 알파고와 이세돌의 바둑 대결 때문일 거라고 막연히 짐작은 갔지만, 일단 테마도 흥미진진했고, 책으로 만난 SF작가들과 우주천문학자들 강의를 듣는 게 자주 있는 게 아니라서 빼놓지 않고 쫓아다녔다.

매 강의 때마다 새로운 사실을 알아 가는 즐거움도 컸지만 더 놀라운 것은 참가자들의 대부분이 중고생이나 대학생, 군인 같은 젊은이라는 거였다.

이명현 교수의 "골든 레코드와 외계인의 만남- 지구의 속삭임, 칼 세이건과 보이저"를 들을 때였다.

강의가 끝나고 한 학생이 번쩍 손을 들고 이렇게 물었다.

"교수님은 외계 생명체의 존재를 확신하시는데, 어떻게 알아볼 수 있죠?"

"지금 이 강의실에도 외계 생명체가 있어요."

"어디, 어디요?"

그 아이의 동공이 커지면서 주위를 두리번거렸다.

"바이러스 형질을 가진 외계인이라 특수 현미경으로도 안 보일 거예요."

순간 사람들의 입에서 웃음이 터졌고 아이의 얼굴에 번지는 환한 미소를 보는 순간 이 이야기가 떠올랐다.

어린 시절, 파충류 외계인이 나오던 TV시리즈《V》를 본 이후 내 주위에 외계인이 살고 있다는 사실을 믿게 되었다. 엉뚱한 행동을 아무렇지 않게 하는 사람을 보거나, 낯선 물체를 보면 혹시 외계인 아닐까? 그런 의심을 했다. 이명현 교수처럼 전파망원경으로 우주에서 보내는 인공 전파를 포착해 외계의 지적 생명체를 찾지는 못 하지만, 나의 믿음이 그보다 결코 얕지 않다고 확신한다.

하루 절반을 불확실한 미래에 발목 잡혀 힘겨워할 청소년들에게 좁은 지구, 숨 막히는 교실이 아니라 가끔은 하늘을 올려다보기를, 우리의 눈이 닿지 않는 저 먼 곳에 광활한 우주가 있음을, 그 광대함에 비하면 인간이란 얼마나 미미한 존재인지, 우주의 시간에 비하면 인간의 시간이 얼마나 짧은지… 그래서 현재에 주눅 들지 말라는 나의 바람이 조금이나마 전해졌으면 싶다.

음모의 방

◉

주원규

내가 최를 기억하는 건 7년 전부터다. 내가 현재 고등학교 2학년
이니 초딩 4학년 때부터인 걸로 기억한다.

나와 최는 단지 키가 작다는 이유만으로 짝꿍이 되었다. 앞자리
에 나란히 앉아 담탱이의 얼굴을 볼라치면 그가 입만 열면 튀어 나
오는 불꽃 침샘 때문에 도무지 정신을 차릴 수가 없을 지경이었다.

최와 짝꿍이 되었지만 유별난 친화력 따윈 생기지 않았다. 녀석
도 꽤 무뚝뚝한 편이었고, 나 역시 그런 무뚝뚝한 녀석과 굳이 친
해지고 싶은 마음이 없었기에 우리는 다른 짝꿍들에 비해 서로를
매우 느리게 알아 갔다.

'서로를 알아 갔다'고 말은 이렇게 했지만 내가 최에 대해 알게
된 건 그다지 특별한 게 아니었다. 최의 아빠와 엄마가 일찌감치 이

혼해 ─도대체 그 일찌감치가 언젠지는 여전히 의문 부호지만─ 엄마 밑에서 자란다는 거. 베란다까지 다 합쳐도 열 평을 넘지 못하는 한 달에 15만원 주면 살 수 있는 25년 지난 주공임대아파트에서 산다는 거. 별로 잘하는 것도, 그렇다고 다른 아이들에 비해 그렇게 모자라지도 않다는 거. 마지막으로 최, 녀석이 그렇게 잘생긴 것도, 또 그렇다고 지지리 못생긴 것도 아니라는 사실이 최에 대해 알아낸 대부분이었다.

정말이지 딱 그만큼만 최를 알고 지내 왔다. 우연의 일치인지 운명의 장난인지 난 초딩 5, 6학년, 그렇게 2년 동안 최와 같은 반이 되었고 여전히 키가 그만그만하다는 이유로 짝꿍이 되었다. 그렇게 이어진 지리멸렬한 연결 고리는 중학교 때까지도 이어져 같은 중학교에 진학한 이후, 나와 최는 한 번도 다른 반이 된 적이 없었다. 결과적으로 중학 3년 내내 최와 나는 같은 반 학생이 되어 그럭저럭 친분을 유지하는 사이라고 정의 내릴 수 있는 것이다.

•

- 그 정도가 고작이야?
- 예.
- 그 이상은 뭐 없어?
- 그 이상이요? 뭘 말하는 건지 모르겠어요.

정말 모르겠다는 말을 난 돌려 말하지 않았다. 검은 슈트 차림에 검은색 뿔테 안경을 눌러 쓴 검사는 나와 했던 처음의 약속을 아쉽게도 지키지 않는다는 인상을 받았다. 검사는 처음 약속은 부드럽고 친절하게 말하며 최에 대해서 내가 알고 있는 사실에 대해 전해 듣고만 싶다고 했던 것이다.

'네가 섬세하고 여린 성격이란 거 다 알고 있어. 최도 그렇고. 뭐 그래. 그런 걸 섬세하다고 말하는지는 잘 모르겠다만. 어쨌든 그렇다 치고. 그러니 최대한 자극하지 않는 선에서 물어볼 테니 얼렁뚱땅 넘어갈 생각 말고 최에 대해 있는 그대로, 아는 그대로 말해 주지 않겠니? 이건 정말 중요한 문제다. 국가의 명운이 걸린 문제야.'

난 '명운'이란 말의 정확한 말뜻은 알지 못했다. 그래도 눈짐작으로 검사가 뭔가 대단히 애간장이 타 있으며, 자신이 최에 대해 정확한 그 무언가를 알아내지 못하면 대단히 곤란한 상황에 이를 것 같다는 상황 파악을 마친 상태라 검사의 요구에 될 수 있는 한 적극적으로 협조하기로 마음먹었다.

하지만 검사는 처음 약속을 지키지 않았다. 검사는 내가 쏟아 내는 최에 대한 정보 전달이 현저히 불충분하다는 말을 반복하며 날 다그쳤다. 최에 대해 더 위중한 걸 말해 보라고 다그친 것이다.

내가 그의 반응에 상당히 예민하게 대응한다는 걸 알았을까. 맹

렬하게 다그치던 검사가 잠시 흥분을 가라앉히더니 다음과 같이 말했다. 한결 차분해진 목소리로.

- 미안하다. 내가 좀 흥분한 것 같다.

- 그렇게 말 안 해도 충분히 그래 보여요.

- 그럼, 이렇게 물어보자. 지금은 이 어마무지한 놈의 뒷조사나 심리상태 캐물을 겨를이 없으니까 말이야.

검사가 전략을 바꾼 모양이다. 눈빛이 방금 전, 금방이라도 막 분노가 폭발할 것 같고 거의 미쳐 버리기 직전의 모드에서 변화하여 소기의 목적만 빠르게 달성하고자 하는 하이에나를 닮은 집념이 노골적으로 이글거리는 눈빛이 되었다. 검사의 질문은 어느 정도 주효했다. 나 역시 최와 나와의 관계를 다시 한 번 생각할 계기가 되었다. 검사는 다음과 같이 물었다.

- 도대체 언제부터 최는 방에 갇혀 나올 생각을 않게 된 거지?

•

최가 방문을 걸어 잠그고 자신의 방에서 나오지 않게 된 게 과연 언제부터였을까. 정확하진 않지만 중학교 3학년 겨울방학 때인 걸로 기억한다. 고등학교 진학이 확정되는 중 3의 겨울은 한가하고 따분하기 이를 데 없었다. 그 시기에는 선생들도 자연 긴장이 풀리는 시기라 아이들이 대단한 탈선만 저지르지 않는다면 편하게 내버려 두는 시기이기도 했다. 물론 특성화고등학교니 선행학습이니 뭐니 하며 향학열을 불태우는 학생, 학부모들도 있었지만 나와 최처럼 공부를 딱히 잘하지도 못하지도 않는 어정쩡한 아이들은 하릴없이 겨울을 보내는 게 유일한 일상이 되었다.

그런데 왜 최가 방문을 걸어 잠갔는지 정말이지 그 정확한 이유를 모르겠다. 무한도전을 실컷 재밌게 보고 난 뒤의 일이다. 난 최의 집, 거실 소파에 녀석과 나란히 앉아 짜장라면을 끓여 먹으며 무한도전을 보고 있었다. 그러고는 박명수가 생각보다 똑똑하다는 얘기를 한 게 전부였다. 그런데 그 이후, 최는 재미없다며 방 안으로 들어가 버렸고, 그 이후로 문을 걸어 잠근 채 3년 동안 방 안에 틀어박혀 한 번도 밖으로 나오지 않았다. 완벽한 면벽수행을 시작한 것이다.

•

- 면벽수행이란 말, 누가 쓴 거야?

검사는 내가 오랜만에, 아니 최초로 식자적인 단어를 사용하자 예민하게 반응했다. 난 생각나는 그대로 답했다.

- 최가 쓴 말이에요. 자신이 방에서 나오지 않는 걸 면벽수행이라고 했다구요.

- 카톡 메시지로 그렇게 말한 거야?

- 예.

- 음. 그래. 그럼 넌 최가 그때 이후로 그 얼어 죽을 면벽수행을
하는 동안 최가 그 안에서 무슨 짓거리를 벌이고 다니는지 전혀 모
르고 있었어. 아님, 조금은 알고 있었어?

'질문도 참 요상하다. 전혀 모르는 건 뭐고 조금은 아는 건 또 뭔
가.' 머릿속에서 지진이 일어날 것 같은 내 무지몽매한 상태를 검사
가 짐작한 모양이다. 검사가 고등학생에게 어른으로서 권하지 말아
야 함에도 불구하고 준비해 온 스타벅스표 아메리카노를 성큼 내밀
더니 예의 그 부드러운 웃음을 함께 지어 보이며 말했다.

- 알고 있는 것, 기억나는 걸 꺼내 봐 봐.

•

당연히 기억나는 게 있다. 기억날 수밖에 없다고 말하는 게 더
정확할 것이다. 서울 변두리 예체능 고등학교에 진학한 나와 다르게
최는 고등학교 진학마저 포기하고 자신의 방 안에서 이른바 면벽수
행이란 것에 매진했다. 그리고 최는 나 정도라면 절친 반열에 오를
수 있다고 판단해서인지 나에게 아주 이따금씩 자신의 방 방문을
허용해 주었다.

물론 최의 방에 들어가는 절차는 터무니없을 정도로 까다로웠다.
그의 어머니에게 1차로 면회 희망 사실을 알려 줘야 했고, 그게 허

가를 받으면 이후 열흘 동안 최의 재가를 기다려야 했다. 정확히 열흘이 지나면 최가 면회 허용 여부를 결정하는데 이 경우 열 번을 신청하면 여섯 번 정도가 허용되는 확률을 보여 주곤 했다. 그렇게 만약 면회가 허용된다고 해도 가시밭길은 남았다. 최의 당일 컨디션 여부에 따라 면회를 할 수 있는 날짜와 요일, 시간대가 임의로, 수시로 변경되곤 해서 결과적으로 3년 동안 그 방에서 최를 만난 횟수는 열 손가락 안으로 더해도 포함될 정도였다.

열 손가락이란 말을 듣던 검사는 그야말로 썩은 미소를 내비쳤다. 난 그 미소의 의미를 멋대로는 아니지만 나름 합리적으로 추정할 수 있었다. 한마디로 배운 것도, 가진 것도 없는 네깟 놈들이 무슨 대단한 귀인이나 된 것처럼 구냐는 시건방진 조소가 담긴 것이었다.

다시 팔짱을 끼고 생각에 잠긴 검사가 내게 말했다.

- 그럼 말이야. 최를 어떻게 하면 만날 수 있지?

- 방금 말씀드렸잖아요. 면회 신청을 해서 최가 원하는 날, 원하는 시간에 맞춰 들어가면 된다구요.

- 시간을 최대한 앞당길 수는 없을까?

- 그건 제 권한이 아니에요. 면담 날짜와 시간을 정하는 건 온전히 녀석의 결정이니까요.

- 그런데 말이야.

검사는 여전히 입가에 그 썩은 미소를 지우지 않은 채 검은 뿔테 안경을 힘껏 곧추세운 뒤 말을 이었다.

- 최는 방에서 정말 나올 생각이 없는 건가?

- 뭐. 3년 동안 한 번도 나오지 않았으니, 그렇겠죠.

- 네놈이 모르는 뭔가가 있지 않겠어? 새벽에 다른 사람 다 자는 데 나온다든지 하는 일 말이야.

- 그것도 그렇지만 최 엄마의 말에 의하면 그렇게 밖으로 나온 적은 한 번도 없다는데요.

- 그래. 잘났다. 잘났어.

- 질문해도 돼요?

- 해 보거라.

- 왜 최를 만나고 싶은 거예요?

•

난 최를 열 손가락 안에 꼽을 수 있을 정도로 만났다. 만남의 장소는 오직 녀석의 방으로만 국한되었다. 녀석의 방은 그야말로 헬게이트였다. 수십 개, 아니 수백 개에 육박하는 컵라면 빈 통들이 겹치고 겹쳐 천장까지 탑을 쌓았다. 옷들은 언제 빨았는지 알 수 없을 정도로 시큼한 냄새로 가득했다. 방바닥, 침대 위에는 유난히 책이 많았다. 어디서 어떻게 입수한 건지 의심이 될 정도로 많은 책들이었다. 그런데, 책의 제목들이 눈에 뜨였다. 도통 책과는 관심 없는 삶을 살아가는 나 같은 고딩에게도 비슷비슷한 분야의 책들이 적어도 백여 권 이상 쌓여 있는 걸 보니 눈길이 가지 않을 수 없었다. 또한 힘들게 어찌어찌해서 최를 보긴 했지만 남자 청소년 특유의 숫놈 냄새로 가득한 방 안에서 사내 녀석 둘이 마주보고 앉아 할 이야기란 많지 않았다. 나는 책의 제목을 나만이 알아들을 수 있는 목소리로 웅얼거리며 읽었다.

'네오콘, 미국의 야심', '오바마 행정부의 잃어버린 8년', 'NASA, 그들이 감추고 있는 건 무엇인가', '프리메이슨은 전주곡에 불과하다', '인구조정론이 시작되었다', '현대판 페스트, 극우 정권의 부활'

내가 책들에게 시선이 뺏긴 것을 알아차린 최가 말했더랬다. 도대체 양치는 언제 한 건지 녀석이 입을 열자마자 방 안은 상상을 초월하는 구취로 가득했다.
　- 이런 걸 두고 사람들은 음모라고 하지.
　- 그래. 그런 것 같다.
　- 한 가지 정확히 해 둘게 있어.
　- 뭔데?
　- 이런 엄청난 사건들을 알아내고 그것을 발표하는 건 그야말로 어마어마한 사명감이 필요한 거야.

- 뭐가 엄청난 사건들인데?

- 하나만 예를 들어 주지. 그것만 들려줘도 너 같은 어설픈 고딩은 까무러칠걸.

그렇게 말한 최가 『인구조정론이 시작되었다』란 책을 펼쳐 보이며 간결하게 한마디 했다.

- 지구의 인구는 외계 생명체에 의해 조정되고 있어.

그 순간 나는 웃고 말았다. 사과할 생각도 없었다. 최의 표정은 아무렇지도 않았다. 녀석은 이렇게 말했다.

- 너같이 세상 편하게 사는 녀석은 아무 관심도 없겠지. 맞아. 그래서 이건 숨겨진 사명인 거야. 오래전 예언자들이 그랬던 것처럼.

그렇게 말한 녀석이 머리가 간지러운 듯 긁적거렸다. 떡진 머리에서 수천, 수만 조각의 각질이 함박눈 내리듯 떨어져 내렸다.

그때, 최가 돌아앉아 컴퓨터 모니터에 시선을 고정시켰다. 화면엔 다음 카페가 보였다. 카페 이름은 《외계 생명체로부터 지구를 지키는 모임》이었다. 하지만 유독 내 시선을 잡아 끈 건 회원 수와 카페 지기였다. 카페지기는 최, 녀석이었고 회원은 놀라지 마시라. 달랑 두 명이었다.

두 명뿐인 카페에 최가 올려놓은 게시물들은 어마어마한 수준이었다. 한 개의 게시물도 남기지 않고 죄다 최가 올린 것이었다. 녀석이 책을 보며 직접 타이핑을 옮겨 놓은 뒤 자신의 의견을 담은 게시물도 있었고, 어디서 구한 건지 출처를 알 수 없을 법한 웹사이트를 링크해 두고 구글 번역기를 통해 무작위로 번역한 게시물도 있었다.

최는 부러 보여 주려고 한 건 아니지만 나와 딱히 할 얘기가 없었으므로 자신이 운영하는 카페 게시판을 하나씩 설명해 주기 시작했다.

— 미국은 외계 생명체의 지령을 받는 가장 핫한 전진기지로 볼 수 있어. 원래 1970년대만 해도 지금의 러시아, 곧 소비에트연방이 외계 생명체와 활발히 교신했지만 맘에 안 드는 게 있었던지 미국으로 옮겼어. 그런데, 그것도 요즘은 위태위태해.

— 뭐가 위태위태한데?

— 외계 생명체가 생각할 땐 우리 지구인이 겉 다르고 속 다르고 그런가 봐. 자신들의 플랜대로 잘 따라 주기만 하면 생태계 유지도 잘되고 지상낙원처럼 살 수 있는데 그런 기회를 스스로 걷어차고 스스로 잘 살 수 있는 길을 모색한다고 생각하니까 말이야. 미국도 그래. 네오콘 매파들이 외계 생명체로부터 에너지 지원도 받고 상상을 초월한 혜택의 일부를 맛보니까 그때부터 권력 맛을 들여 욕심을 부리기 시작한 거야. 세계 깡패가 되려고 거들먹거리기 시작한 거지.

최가 말을 이어 가는 내내 녀석의 입에서 쏟아져 나오는 구취 탓에 정신을 집중하기 힘들었다. 그래도 나름의 감탄은 숨길 수 없었다. 내가 볼 땐, 그리고 녀석의 엄마 눈에 볼 땐 전혀 쓸모없어 보이는 일들이었지만 그대로 최는 나름 그 분야의 전문가 같았다.

그래도 이걸 뭐라고 해야 할까. 난 전혀 궁금하지 않았다. 외계 생명체가 진짜로 있는지, 백번 양보해 진짜 있다면 그게 내 고딩 생활과 무슨 관계가 있는지. 내 고민과는 털끝만큼도 상관없는 일이었기에 관심이 있을 리 없었다. 최가 내 무관심을 짐작한 걸까. 10분 정도 컴 모니터가 침방울로 도색될 때까지 떠들다가 거의 정확히 10분 지난 뒤에는 침묵 모드로 들어섰다.

그런 걸 두고 면벽수행이라 말하는 걸까. 최가 입을 굳게 다문 뒤에도 난 녀석의 방에 정확히 3시간 20분 정도 더 머무르다 떠났다. 3시간 20분 동안 도대체 뭘 했는지 지금도 기억이 가물가물하기만 하다. 한 가지 정확히 기억하는 건 늦은 오후에서 이른 저녁으로 넘어가는 시간대여서 그런지 최의 방 우측면에 초라하게 매달려 있던 작은 창문 너머로 붉게 물든 하늘 빛살이 시간이 조금씩 지나며 더 짙어졌다는 기억과 또 하나는 저녁 시간이 다가오자 최의 엄마가 최의 방문을 조심스럽게 아주 조금만 열며 나에게 뭔가 간곡한 신호를 보냈다는 기억이 전부였다. 그 신호는 아마도 할 수만 있다면 최를 자신의 방 밖의 세계로 나오게 할 수 있는 여지가 있는지를 묻는 신호였을 것이다. 비교적 눈치가 없는, 둔감한 인종인 나란 녀석은 그런 최 어머니의 자식을 향한 똥줄 타는 심정을 제대로 알아먹지 못하고 그대로 눈만 껌뻑거리던 게 지금 생각해 보면 못내 죄송했다.

●

- 정말 아무 말도 안 하고 끝났어?

- 예? 뭐가요?

검사가 답답한 듯 짧은 한숨을 쉰 뒤 질문을 이어 갔다.

- 그 열 손가락에 해당하는 만남의 마지막 때 말이야.

생각을 정리할 필요가 있었다. 난 비교적 둔감한 편이니까. 정말 그때, 그렇게 침묵으로 일관하다가 헤어졌던가. 약간 뚱한 표정이 틀림없었을 내게 검사가 넥타이를 느슨하게 하고 종이컵에 담긴 식은 자판기 커피를 단숨에 비운 뒤 말했다.

- 분명히 뭔가 단서가 되는 말을 남겼을 거야.

- 혼잣말이에요. 아님, 질문이에요?

- 질문이다. 질문. 쉽게 묻지. 최가 말이야. 음모와 관련된 이야기를 하지 않았어?

- 음모…?

- 그러니까 아까 그런 외계 생명체 따위의 이야기를 지껄일 때 대한민국과의 관련성이 없지 않다… 이런 식의 말을 한 적이 없냐고.

- 우리나라… 한국과 관련된 음모…?

검사의 질문이 뭐랄까. 레드선 같은 효능을 가진 것 같았다. 잊고 있었던 내 기억의 일부를 복원시켜 주는 역할을 해 주었기 때문이다.

●

그렇다. 그때, 최와의 마지막 면회의 순간, 늦은 오후에서 이른 저녁으로 넘어가던 그 시간대에 나와 최는 마냥 사내 녀석들끼리 가질 법한 어색한 침묵으로만 채운 게 아니었다. 컴 모니터에서 눈을 뗄 생각이 없던 최가 어느 순간 지쳤는지 침대에 대자로 누워 버린 순간이 있었다. 순식간에 침대 자리를 빼앗겨 버린 나는 이내 뻘쭘해져 최가 앉던 컴퓨터 책상 의자에 앉았다. 그리고 정말 딱히 할 게 없으므로 녀석이 방금 전까지 신명나게 만지작거리던 컴 마우스를 오른손에 쥐고 컴 서핑을 시작했다.

컴 서핑이라 해서 대단한 게 있을 리가 없었다. 포탈이나 채팅 사이트 몇 군데 둘러보는 게 전부였다. 최가 혹시라도 야동 같은 거 숨겨 둔 게 있을까 싶어 바탕화면이나 다른 문서창 안에 있는 폴더를 기웃거려 보기도 했지만 정말 녀석은 스님이 아닐까 싶을 정도로 성性과 관련된 자료는 보이지 않았다.

지쳐 버린 나는 모든 의욕을 잃고 마지막 통과의례처럼 녀석이 카페지기로 있는《외계생명체로부터 지구를 지키는 모임》에 접속했다. 접속하자마자 난 자연스럽게 실망스런 기색을 감출 수 없었다.

'도대체 회원 두 명 짜리 카페로 어떻게 지구를 지키겠다는 건지.'

실망감 가득 머릿속에 담고 살펴보는 게시물들은 죄다 비현실적인 짜맞추기 흔적으로 가득해 보였다. 버뮤다 삼각지대가 외계인의 신호라든지, UFO는 외계인들의 지구를 향한 주파수 교란 행위라든지, 브렉시트로 알려진 영국의 유럽연합 탈퇴의 결정적 이유가 영국 안에 외계인 영사관이 있는 걸 들키지 않기 위한 쇄국행위라든지 하는 음모론들의 근거 자료들로 가득 채워졌다. 온갖 심각한 내용들로 다 채워진 것 같은데 도무지 공감이 되지 않았다. 그래서 난 마음속으로 곰곰이 생각해 봤다. 내가 이렇게 공감하지 못하는 이유가 뭔지 알고 싶었다. 이런 걸 생각의 힘이라 하는 걸까. 공감하지 못하는 이유의 중심에는 외계 생명체에 대한 비현실적 감각이 중심이 아니었다. 우리나라와 관계된 음모의 맥락을 찾지 못했기 때문이었다. 생각이 거기에 미치자 마우스를 쥔 내 손은 열 개는 넘는 폴더 중 '국내편'이란 카테고리에 멈춰 섰고, 국내편을 클릭하기에 이르렀다.

외계 음모 해외편과 마찬가지로 최가 업데이트한 국내편 게시물 개수도 만만치 않았다. 화면을 채운 것만 봐도 게시물 수가 서른 개는 넘었다. 제목들도 만만치 않았다. '박근혜 정부에 개입된 외계 생명체의 국정농단 백서', '왜 외계 생명체는 전두환의 12.12를 지켜봤는가', '김정은이 고도비만인 진짜 이유, 그 충격적인 외계 생명체와의 교감 작용에 대해서' 등. 흥미롭다고 해야 할지 황망하다고 해야 할지 모르지만 여하튼 그 제목들은 흥미로웠다.

그런데, 이런. 이게 웬일인가. 국내편은 아무리 클릭해도 열리지

않았다. 클릭할 때마다 다음과 같은 문구만 반복될 뿐이었다. '회원 이외에는 절대 열람할 수 없습니다.'

'회원 가입을 하면 되지.'

그렇지만 회원 가입도 쉬운 게 아니었다. 가입조건 자체가 접근 불가 영역이다. 음모에 대한 자기 철학을 밝혀야 하고 세계, 국내 음모론 백서를 죄다 탐독하고 있어야 했다. 어째서 회원이 최를 포함해서 두 명밖에 없는지 이유를 알 것 같았다.

•

- 그래서 어떻게 됐어?

검사의 눈빛이 매섭게 빛났다. 국내 음모편을 들으면서부터 보인 반응이다. 내가 수사관이라고 자신을 소개한 남자가 친절히 놓아둔 바나나 우유를 한 모금 마시는 순간을 참지 못하고 다그칠 정도였다.

- 그만 처마시고. 어떻게 됐냐고?
- 뭐가 어떻게 돼요?
- 국내편 게시물을 봤어. 못 봤어?
- 그게 지금 중요해요?

106

- 중요한지 아닌지는 내가 알아서 판단할 테니까 넌 묻는 말에 나 대답해. 봤어. 못 봤어?

- 당연히 못 봤죠.

- 회원 가입은? 가입도 못 하고?

- 당근이죠.

- 오 마이 갓.

뭔가 일이 꼬인 것 같다는 느낌을 받은 검사가 방금 전처럼 숨을 고른 뒤에 손으로 관자놀이를 짓누르듯 만졌다. 그러고는 아직도, 여전히 도대체 뭐가 어떻게 된 영문인지 알지 못하는 내게 조용히, 하지만 엄중하게 지시했다.

- 이제부터 내가 하는 말 잘 들어라.

- 지금까지도 잘 들었어요. 말해요.

- 난 최를 꼭 만나야겠다. 반드시.

- ….

- 그러니 네가 그 면회 신청인가 뭔가 해라.

- 뭐. 그건 어려운 게 아닌데요. 정말 궁금해서 그러는데 하나만 질문해도 돼요? 이 질문 안 하면 정말 돌아 버릴 것 같거든요.

- 해라. 해. 다 말해 줄 테니. 여차하면 다 좆 되는 마당에 못 해 줄 말이 뭐 있겠냐. 말하라고.

- 최가 말하는 음모가 그렇게 중요한 거예요?

- 엄청 중요하지. 그러니까 나 같은 엘리트 검사가 이 개고생 하

는 거 아니겠냐. 어른들이면 그냥 구속영장 때려 임의 동행시키는 건대 함부로 그럴 수도 없고.

　- 그럼요⋯. 저기. 그 외계생명체, 정말 있는 거예요? 외계 생명체가 정말 우릴 죽여요?

　- 넌 어떻게 생각하는데?

　- 예?

　- 넌 어떻게 생각하냐고? 네가 어떻게 생각하는지 그게 중요한 거 아니야?

　그것도 맞는 말이다.

　'난 어떻게 생각하지?'

　●

　난 외계 생명체에 대한 궁금증을 가득 안고 최에게 면회를 신청했다. 최를 대면하는 길은 여전히 쉽지 않았다. 개인 독대도 아니고, 난 꼼수를 부릴 생각이 없었으므로 최의 어머니에게 평소 좋아하는 한 남자와 함께 볼 수 없겠냐고 신청한 것이다. 최의 어머니는 자애로운 분이었다. 자식새끼가 저렇게 3년 가까이 방 안에서 나올 생각 안하며 방구석의 곰팡이, 그 일부가 되려고 작심한 작태를 보이지만 그럼에도 자식 걱정에 아들의 비서 역할을 자임했으니 말이다.

첫 번째 면회 신청에 최는 보기 좋게 면회 거부를 자신의 어머니를 통해 통보했다. 예상했던 결과였다. 3년 동안 방 안에서 독대했던 대상은 나와 그녀의 어머니가 유일하다. 그런데 갑자기 낯선 인물이 불쑥 그 엄청난 비밀들이 들끓는 방으로 들어가겠다고 하는 걸 흔쾌히 받아들일 음모론 덕후 최가 아니었다. 그래서 나는 이 사실을 검사에게 전했고, 그 말을 듣자마자 검사는 두 번 생각하지도 않고 다음의 말을 경고처럼 내쏟았다.

– 다시 한 번 면회 신청해라. 이번에도 만약 거부하면 아예 다시는 학교 따위는 다니지 못하게 해 주겠다고 전해라. 또 하나. 놈을 만나기 원하는 존재가 다른 누구도 아닌, 요컨대 동네에서 하릴없이 성인 오락실이나 어슬렁거리는 동네 취준생이 아닌 대한민국 검사라고 전해라. 너. 똑똑히 전해야 돼. 쫄아 가지고 각색하거나 하면 너도 같이 학교 다니지 못하게 하겠어. 각오 단단히 하라고.

나는 단언컨대 검사의 말을 각색할 필요나 이유를 느끼지 못했다. 그건 순전히 일을 크게 생각하는 검사의 과잉대응에 불과한 것이다.

검사의 말대로 두 번째 면회 신청을 했다. 최의 어머니에게 대한민국 검사가 최를 만나야겠다고 이를 부득부득 갈고 있다는 말을 전하며 이번에도 협조하지 않으면 아예 학교 근처에도 발도 못 붙

이게 해 주겠다는 말을 전달한 것이다. 그리고 돌아온 두 번째 면회 신청에 대한 최의 답은 나에게는 충분히 예측 가능한 것이었지만 검사에게는 이른바 컬처 쇼크, 그 자체였다. 최는 자신의 어머니를 통해 다음과 같은 말을 검사에게 들려주라고 똑똑히 전해 주었다.

'개소리하지 마.'

최를 만나려는 두 번째 면회 신청이 거부되자 검사의 표정, 몸짓, 동작, 태도 모두 잔뜩 심각하고 진지해졌다. 검사는 깊은 고뇌에 빠진 표정으로 자신의 관자놀이를 사정없이 문질러 댔다. 내가 대충하고 학교로 돌아가고 싶다고 읍소해도 들은 체 만 체였다. 그야말로 검사는 최를 만나려는 열망 하나로 머리 전체가 도색되어 버린 듯했다.

적잖은 고뇌의 시간을 거친 뒤 다시 눈을 뜬 검사가 날 바라봤다. 그 눈빛이 얼마나 강렬했던지 먹잇감을 앞에 둔 어부의 입맛 다시기로 보일 정도였다. 검사가 잔뜩 핏발 선 눈으로 말을 이었다.

- 가서 전해. 이번에도 안 만나 주면 어머니를 잡아가겠다고.

- 예?

- 말귀 못 알아들어? 녀석이 안 만나 주면 아예 어머니를 잡아가겠다고 전하라고.

- 내 친구 어머니가 무슨 죄를 지었다고 잡아가요. 대한민국은 엄연히 법치국가인데 그게 가능해요?

― 법치국가 좋아하시네. 내가 이런 기회, 다시 놓칠 줄 알아. 그러니까 바로 가서 똑똑히 전하란 말이야. 이번에도 대한민국 검사인 나의 엄중한 면회 신청을 거절한다면 그땐 무조건 어머니를 체포하겠다고. 알아들어?

모자간의 정이란 그만큼 위대한 것인가. 최의 어머니는 내가 전한 말을 딱 한 가지 사실만 안타까워하며 있는 그대로 받아들였다. 최를 직접 잡아가지 않고 자신을 잡아간다는 말을 그녀는 기껍고 고맙게 생각했던 것이다.

나의 세 번째 면회 신청에 최는 일전 첫 번, 두 번째와는 다르게 제법 오랜 시간 생각의 시간을 가졌다. 꼬박 하루 동안 난 최의 집 안 거실 의자에 앉아 녀석의 처분을 기다렸다.

하룻밤을 지새운 다음 날 아침. 아침 햇살이 창문 틈 새로 스며들던 아침 시간대에 녀석의 반응이 나타났다. 녀석은 배꼼 문을 열고 쪽지 한 장, 거실 바닥에 옮겨 놓았다. 졸다 깨다를 반복하던 최의 어머니가 서둘러 쪽지를 집어 펼쳤다. 쪽지 안에 적힌 몇 문장, 최의 기별을 받은 최의 어머니가 이내 얼굴 전체에 화색을 띠며 날 바라봤다. 그리고 웃음기를 머금은 표정으로 고개를 끄덕였다.

자고로 어떤 협상에도 부모의 이름이나 존재를 끌어들인다는 건 불문율에 가까운 일이다. 하지만 그만큼 절박하게 되찾아야 했다. 불문율을 무시할 만큼.

그렇게 이뤄진 면회. 검사는 아파트 안에 들어오면서부터 인상을 찡그렸고 코를 킁킁거렸다.

- 이게 뭐야? 정말 이거 해도 너무하는 거 아냐?

- 뭐가요?

- 냄새 말이야. 고등어 썩는 냄새.

- 비위가 약하시네요. 그래서야 최를 만날 수 있겠어요?

검사의 한마디에 지레 겁먹은 최의 어머니가 창문을 죄다 열어젖혔다. 거실 너머의 여닫이 창문을 있는 힘껏 연 것이다. 최의 어머니는 대한민국 검사라는 말에 그 위상을 높여 주는 공손한 방향을 택했지만 나는 달랐다. 지금의 주도권은 검사에게 있는 게 아니라 최에게 있다. 대한민국에서 가장 바쁘다는 직업군을 자랑하는 검사의 면담을 두 번이나 거부한 최와 독대하게 되는 기회의 부여는 그야말로 승은을 입은 후궁의 감격에 비교할 수 있는 것이다.

창을 연다고 해서 냄새가 쉽게 가시지 않았다. 최의 어머니는 여전히 똥강아지처럼 연신 코를 킁킁거리는 검사에게 오렌지주스가 담긴 잔을 건네며 말했다.

- 우리 아들 좀 잘 봐주세요.

검사가 오렌지주스를 한 번에 삼키며 답했다.

- 글쎄요. 뭐. 지금까지 최 군이 보여 온 태도를 보면 상당한 처벌이 예상되지만….

- 상당한 처벌이요? 안 되요. 검사님. 제겐 하나뿐인 아들이에요.

- 하지만 앞으로 저와의 조사에 최대한 성실하게 임한다면 어머님께서 우려하실 만한 일은 없을 거라고 조심스레 기대해 봅니다만….

검사는 자신의 말을 매듭짓지 못하고 자꾸 유예하는 모습을 보였다. 불안의 기운이 짙게 드리워진 최의 어머니는 평소에는 하지도 않던 질문을 이어 갔다.

- 도대체 우리 아들이 무슨 잘못을 저지른 건가요? 우리 아들이 한 일은요. 3년 가까이 꼬박 저 방 안에 틀어박혀 허구한 날 컴퓨터만 한 게 전부라고요.

- 그게 문제입니다. 어머니.

- 예? 뭐가요?

- 왜 그렇게 3년 동안 방 안에만 갇혀 그렇게 심각하고 위험하며 사회를 일대 혼란에 빠뜨릴 법한 연구 조사를 했단 말입니까?

검사가 그렇게 말할 때의 눈빛을 난 지금도 잊지 못한다. 검사의 그 눈빛은 진심으로 뭔가를 깊이 우려하는 눈빛이었으며, 동시에 이번 기회를 자신의 입신양명에 활용할 수 있는 절호의 기회라고 여기는 탐욕스런 사냥꾼의 눈빛이었다. 검사의 거침없이 이어 가는, 어쩌면 비약과 추측으로 가득한 말을 듣고 있던 어머니의 얼굴에 깊은 절망이 드리워졌다. 최의 어머니는 금방이라도 울 것 같은 표정이었다. 스스로 흥분한 검사가 가까스로 화를 가라앉힌 뒤 말을 이었다.

- 그러니 오늘이 절호의 기회입니다. 오늘 검사인 제게 잘 협조만 해 주고 고분고분, 최대한 성실하게 묻는 질문에 답하기만 하면 아무 문제없을 겁니다. 어머니께서 이런 사실을 최대한 충분히, 그리고 성실히 전해 주세요. 아시겠습니까?

- 예. 그럼요. 알고 말구요. 최대한 충분히, 그리고 성실히. 최대한 충분히, 그리고 성실히.

충분, 성실이란 단어를 구호처럼 반복한 최의 어머니가 최의 방에 먼저 들어갔다. 그러고는 한참의 시간을 그 방 안에서 보낸 뒤 밖으로 나왔다. 그러곤 한층 확신에 찬 표정이 되어 검사와 나를 번갈아 바라보며 한마디 했다.

- 바로 지금이에요. 지금 들어가세요.

최와 검사, 그리고 그 옆에 앉은 '나'와의 면담 시간은 아무리 길게 잡아도 10분을 넘기지 않았다.

최는 자신의 방 안에서 더없이 편하고 자연스러운 자세로 컴퓨터 책상 의자에 앉아 있었다. 오래된 구식 컴퓨터 본체에선 듣기에도 힘겨운 컴퓨터 구동 소리가 들렸다. 창문을 오랫동안 닫아 놓은 통에 씻지 않은 최의 몸에서 풍겨 나오는 역한 냄새가 방 안을 가득 메웠다. 하지만 냄새와 위생에 특별히 민감하게 굴던 검사도 최의 방 안에 들어와 문을 닫자마자 매섭게 하이에나의 눈을 하곤 그 따위 주위 환경에 굴하지 않겠다는 결연한 의지를 보였다. 검사는 허접함의 절대 지존을 자임한 최를 집어삼킬 듯 노려보며 준비해 둔 질문과 추궁, 협박의 십자포화를 쏟아부었다.

최는 좀처럼 표정의 변화가 없었다. 검사의 빠르게 이어지는 질문을 무시한 것도 아니었다. 내가 듣기에도 최는 성실한 참고인, 혹은 피의자의 그것처럼 검사의 예리한 질문에 성실히 답해 주었다. 심드렁한 표정과 달리 질문에 대해서 오히려 한두 개 더, 검사가 모르는 사실까지 덧붙여 답한 것이다. 그렇지만 예상과 다르게 최의 대답은 오래가지 않았다. 10분이 고작이었다. 그렇게 으르렁거리며 집어삼킬 듯 바라보던 먹잇감을 앞에 둔 검사의 추궁은 채 10분을 넘기지 못한 것이다. 10분 만에 조사는 끝났고, 최는 다소 한심하다는 듯 검사를 바라봤다. 최가 그렇게 검사를 바라본 이유는 분명했다. 10분 만에 검사는 완벽히 풀 죽은 짐승이 되어 버렸기 때문이다.

최와의 면담 이후 최의 집을 나온 검사는 나를 근처 순댓국집으로 데리고 갔다. 그러고는 내가 묻지도 않았는데, 순댓국과 돼지수육을 주문했다. '뭐, 수육은 딱히 싫어하는 게 아니니 봐주겠어' 하는 마음으로 난 순댓국과 돼지수육을 두서없이 먹어 치웠다.

순댓국을 제법 열심히 먹어 치우는 동안 검사는 내 머리통에 대고 낮고 절망적인 어조로 말을 이었다. 주로 다짐과 같은 말이었다.

─ 너, 최와 가장 친한 친구라고 했지?

검사의 질문에 난 그를 쳐다보지도 않고 답했다.

- 현재까지는 그래요.

- 너. 나중에 최를 다시 만나게 되면 이 말 꼭 전해라.

- 뭘 자꾸 전해라 마라세요. 검사님이 직접 하면 되잖아요.

나의 도발에도 불구하고 검사의 기죽은 표정은 좀처럼 변하지 않았다. 검사는 넋을 잃은 철저한 충격에 감염된 표정 그대로 말을 이었다. 초점 잃은 눈동자가 가히 압권이었다.

- 최한테 꼭 전해. 그 방에서 나오지 말라고. 절대 나오지 말라고.

'나오지 말라'는 말뜻이 대체 뭘까? 난 검사에게 되물을 수밖에 없었다. 보다 정확한 사실 이해가 필요하기에.

- 나오지 말라는 게 무슨 뜻이에요? 그 방에 틀어박혀 그 덕후질을 계속하라는 얘기예요, 아니면.

- 아니면 뭐? 말해 봐. 뭘 묻고 싶은지.

- 우리가 생각 못 하는 어이없는 음모가 너무 감당하기 어려워 나오지 말라는 얘기예요?

그냥 막 던진 말이다. 그러니까 별 뜻 없는 질문에 별 뜻 없는 답을 기다린 거였다. 설마 고딩의 철없이 던지는 말을 이렇게까지 진지하게 받아들이겠느냐 하는 나의 생각에 검사는 찬물을 끼얹었다. 그리고 그 찬물이 나의 내 친구 '최'에 대한 생각을, 그 냄새 나지만 은밀한 음모의 냄새가 꿈틀거리는 방을 다시 생각하게 해 주었다. 꽤 진지하게 살아 꿈틀거리는 문제의 방으로.

  - 너희들은 막 던지는 것처럼 보이겠지만 그 방에서의 연구는 그 냥 연구가 아니었어.

  - 그냥 연구가 아니면요?

  - 반드시 계속되어야만 하는, 계속하지 않으면 안 되는 연구란 말이야.

  - ….

  - 이쯤 되면 충분한 설명이 되겠냐?

충분한 설명은 개뿔. 더 묻고 싶은 말이 산더미처럼 쌓여 있긴 하 다. 하지만 그것만으로 충분하다는 생각도 들었다. 나 역시 처음으 로 내 친구 '최'의 방이 꽤 쓸 만해 보였기 때문이다. 어디에 쓸 만 한지는 좀 더 두고 봐야겠지만 말이다.

　중학교 2학년 때였습니다. 어느 날 학교를 마치고 돌아왔는데, 우연히 한 권의 책을 손에 쥐게 되었습니다. 마침 대학 공부를 마치고 돌아온 외삼촌이 방학 중에 우리 집에 와 계셨는데요. 그 외삼촌이 보던 소설책이었던 걸로 기억합니다. 정말 재밌었습니다. 소설 제목은 기억나지 않습니다만 굳이 떠올리자면 아가사 크리스티 종류의 추리 소설이었던 것 같습니다. 19세기, 약간은 어리바리한 탐정이 주먹구구식으로 사건을 대하는데, 놀라운 건 때마다 절묘한 방법으로 사건을 해결하고 범인을 잡아내는 재미가 있었습니다. 외삼촌이 갖고 온 탐정 소설책은 시리즈물이었고, 그 후부터 저는 집에만 돌아오면 다른 건 하지 않고 외삼촌이 갖고 온 책만 읽었습니다. 한 권, 두 권, 세 권. 재밌는 책을 읽고 또 읽자전 말 그대로 시간 가는 줄 몰랐습니다. 저녁 먹는 시간조차 잊은 채로 말이죠.

　덕분에 2학년 중간고사를 완전 망쳐 버리긴 했지만 전 그때의 기억을 잊을 수 없습니다. 할 수만 있다면 세상의 모든 탐정 소설은 모두 읽고야 말겠다는 집념, 그 집념과 의지가 오늘, 글을 쓸 수 있게 해 준 밑거름이었다면 믿을 수 있을까요. 전 믿습니다. 이건 다른 누구의 이야기가 아닌 제 자신의 이야기이니까요.

덕후를 이야기했습니다. 하지만 전 덕후를 이야기하지 않았습니다. 세상이 말하는 왕따, 조금 이상한 아이로 불리는 데 쓰이는 덕후를 이야기하지 않았죠. 그 말이 맞다면 전 덕후를 말하지 않은 것입니다. 제 자신의 이야기를 쓴 것입니다. 여러분에게도 이 이야기가 단지 덕후의 이야기가 아니라 여러분 자신의 이야기가 되었으면 좋겠습니다.

장 폴 고티에를
향하여!

박경희

“저, 반짝이 박힌 원단 얼마임까?”

“소매는 안 해!”

수려는 아저씨의 퉁명스런 말투에 지레 겁을 먹고 돌아섰다. 인터넷으로 주문 받은 ‘휘날레’의 소품이 아니라면 절대로 거들떠보지도 않을 반짝인데, 아저씨가 너무 고자세다. 기분도 나쁘고 지나던 사람들도 힐끔거리는 것 같아 수려는 고개를 푹 숙인 채, 자리를 옮기며 중얼거렸다.

“그깟 반짝이 옷감쯤 일없음다. 너무 힘주지 마시라요!”

수려는 속으로 구시렁거리며 다른 가게를 기웃거렸다. 동대문 원단 시장은 별스런 물건들이 많다. 눈이 돌아갈 정도다. 수려는 탐나는 원단이 많지만, 또 퉁박을 받을까 두려워 쉽게 가격을 물을 수 없었다. 특이한 단추에서부터 색색의 지퍼는 물론 다양한 패턴 등 없는 것이 없다. 북한 장마당에서는 절대 볼 수 없는 물건들이다. 두

만강을 건너 중국 뒷골목에 숨어 살 때 본 광저우 시장과도 달랐다. 알록달록 오색 단풍을 닮은 원단의 숲을 지나다 보면 죽은 세포들마저 몽글몽글 살아 움직이는 느낌이다. 수려는 동대문시장을 돌 때마다 '서울 사람'이 되었다는 게 실감 났다.

'남조선은 뭐든 차고 넘친다니까…'

화려한 문양의 원단이 예뻐 구경하고 있는데, 손전화기가 부르르 떨었다. 수려는 아직도 손전화기가 울릴 때마다 새가슴이 되었다. 국경을 넘다 보위대에 잡혀 심문을 받을 때 듣던 무전 소리와 흡사하기 때문이다.

- 이번 주 코스프레 사진 촬영 대회에 꼭 일등 먹어야 함. # 작품 기대한다.

'휘날레'의 문자가 요동질을 치고 있었다. 오늘 하루 동안 열 번도 더 문자를 보냈다. '코스프레 동호회' 사이트에 올린 광고를 보고 주문한 첫 고객이라 짜증을 낼 수도 없다. 쌀을 씻기도 전에 누룽지부터 찾는 것 같아 부담스럽긴 하지만 말이다.

- 지상에서 가장 튀는 작품 부탁해요. 기발하면서도 창의적인 나만의 색깔이 확 드러나는 옷이요. 근데 진짜 그 가격에 제가 원하는 작품 만들어 주는 거 맞아요? 왠지 ㅋㅋㅋ….

'코스프레 전문숍'과는 비교가 안 될 정도로 단가를 낮춰 올린 것에 대한 불안인 듯싶었다. 수려는 걱정 안 해도 된다는 문자를 남기면서도 신기했다.

'남조선은 정말 희한한 곳이야! 어찌 나에게 작품을 주문하는 거지? 뭘 믿고?'

엄마가 인터넷 강의를 들으라고 사 준 컴퓨터는 수려의 친구이자 놀이터며 보물창고였다. 그날도 검정고시 문제집 몇 장 펼쳐 보다 말고 인터넷 사냥을 하던 중이었다. 수려는 자신처럼 혼자 놀기 좋아하는 사람들이 모이는 동호회가 많다는 걸 알게 되었다. 그중에 휘황찬란한 옷을 입고 사진을 올리는 등 특이한 사람들이 모인 카페를 발견했다. '옷'이라는 말에 이끌려 사전에서 '코스프레'라는 뜻을 찾아 가며 동호회에 가입했다. 동호회에 가입한 뒤, 얼마 후 양재동에서 정기 모임이 있다는 공지가 떴다. 불현듯, 그들의 실체를 보고 싶다는 생각에 무작정 길을 나섰다. 수려는 서울에 온 지 일 년이 되었지만 가 본 곳이 별로 없다. 북에서도 돌아다니는 걸 싫어했지만 서울에 와서는 더욱 그랬다. 서울의 모든 것이 낯설었다. 디자인 학원을 오가는 것 외에는 어딘가를 찾아가는 것이 귀찮고 두려웠다. 수려는 바싹 긴장한 얼굴로 '양재의 숲' 가는 전철을 탔다. 전철 안에 있는 사람들이 모두 자신을 쳐다보는 것 같아 식은땀이 났다. 밤늦게까지 인터넷에서 행사장을 살피느라 잠을 설쳤더니 어지렵기까지 했다.

간신히 양재의 숲을 찾았다. 겨울나무로 가득한 숲이 제법 넓었다. 겨울나무를 보자 고향에서 땔감을 구하러 다니던 생각이 났다. 도심 속에 이런 숲이 있다는 게 놀라웠다. 더군다나 숲 속에 유리로 된 대형 빌딩이 도도하게 서 있는 게 신기했다. 수려는 놀란 눈으로 빌딩을 올려다보았다. 햇빛에 비친 유리창이 보랏빛으로 빛나면서 플래카드가 눈길을 끌었다.

"자유로운 영혼들의 향연장에 오신 것을 대환영합니다."

참 별 희한한 세상이다. 주위를 두리번거리며 건물 안으로 들어섰다. 그런데 이게 웬일! 사람들이 구름 떼처럼 몰려 있었다. 모두가 독특한 차림이었다. 앞가슴을 최대한 드러내려 안간힘을 쓴 듯한 여학생과 눈이 마주칠까 두려웠다. 인민복을 입고 나무 총을 멘 남학생의 모습은 왠지 어색했다. 오로라 공주 차림의 여자아이들의 짙은 화장이 영 낯설었다. 거기에 모인 모든 사람들의 눈동자가 빨갛거나 파란색 아니면 보라색인 건 더욱 가관이었다.

수려는 유령의 도시에 온 듯싶어 자리를 피하려 했지만 어딜 가나 사람들로 벅적댔다. 행사장을 알리는 표시도 수없이 많고, 분홍색 조끼를 입은 행사 요원들도 엄청나게 많았다. 동호회 사이트에 들어가 볼 땐 전혀 느끼지 못한 분위기였다. 별천지에 온 것 같았다. 북에서는 상상도 못 한 일이라 더욱 그랬다.

수려는 낯선 외계인들의 행사장에 잘못 온 것 같아 도망치듯 행사장을 빠져나왔다.

그럼에도 수려는 코스프레 동호회 사이트에는 수시로 들어갔다. 그날 행사장에서 찍은 사진들이 속속들이 올라왔다. 누가 가장 튀는 옷차림을 했나? 내기들을 하고 있는 것 같아 절로 웃음이 나왔다. 한참 사람들이 올린 사진과 댓글에 빠져 있는데, 봄날의 새순처럼 싱그런 공지가 고개를 내밀었다.

"제50회 콘테스트 사진전에 회원 여러분의 많은 참여를 바랍니다."

무슨 소리인가 싶어 그 밑에 실린 내용을 꼼꼼히 살폈다.

콘테스트 사진전에서 직접 만든 작품에 가장 후한 점수를 줍니다.

운영자의 공지 밑에 달린 댓글은 더 놀라웠다. 대한민국은 정말 희한한 세상이다.

- 헉, 손바느질?
- 전문숍에서 산 작품에 내가 액세서리만 달면 심사위원들이 모르겠죠?
ㅎㅎㅎ

- 이번 코스프레 의상 옷은 내 거다!

수려는 코스프레에는 관심이 없었다. 아무리 사전을 뒤져도 '코스프레'라는 말조차 이해하기 힘들었다. 특히 행사장에 갔다가 본 외계인 같은 아이들에게는 더욱 그렇다. 다만 직접 옷을 만들어 입는다는 데 눈길이 갔다. 올린 글을 주욱 읽다 보니 정신이 확 드는 문구가 보였다.

바나나 코스프레 전문숍 / 원하는 대로 모든 작품 만들어 줍니다. 절대 비밀 보장

문구 밑에 적힌 금액을 보니 어마어마했다.
'무슨 옷값이 저리 비싸지?'
그 순간 섬광처럼 스치는 게 있었다. 싼 값에 옷을 만들어 주면 될 것 같았다. 바느질이라면 무엇이든 자신 있으니까. 재활용 센터에서 주워 온 다양한 옷들을 변형시키면 분명 색다른 옷이 될 거다. 알 수 없는 용기가 불끈 솟았다.
호기심으로 동호회 사이트에 싼 값에 옷을 만들어 준다고 올렸다. 조회 수도 별로 없고 감감무소식이었다. 포기하려는 순간, 휘날레에게 기적처럼 주문이 들어온 것이다.
'휘날레'의 주문을 확인하자마자, 들뜬 마음으로 재활용센터에서

건진 옷들을 정리하는데 엄마가 들어왔다.

"아니…. 이게 다 뭐임? 네 방이 쓰레기장임둥? 학교 때려치우고 고작 하는 게 이 짓거리임?"

엄마는 씩씩대며 옷가지들을 모두 내팽개쳤다. 수려가 방바닥에서 주운 옷을 빼앗아 대형 쓰레기봉투에 담아 나가 버렸다.

할 수 없이 휘날레의 옷을 만들기 위해 동대문 시장에 나오게 된 것이다. 여기저기 돌아다니며 저렴한 가격에 레이스도 사고, 단추도 구입했다. 벨트도 생각보다 싸 두 개를 샀다. 2층 액세서리 코너를 휘휘 돌고 3층에 올라가자 다시 원단 가게가 나왔다. 중앙 통을 지나 끝 즈음에 있는 가게에 반짝이 원단이 눈에 들어왔다. 세련된 차림의 언니가 낡은 뚝배기 그릇에 코를 박은 채 밥을 먹고 있었다. 왠지 콧등이 찡해 왔다. 혼자 밥 먹는 모습을 보자 북한 장마당에서 주먹밥으로 허기를 채우던 생각이 났다.

'남한은 힘들게 일 안 해도 다 잘사는 줄 알았는데…. 저 언니는 왠지 불쌍해 보이네….'

그냥 못 본 척 피하려는데 가게 언니가 손짓을 했다.

"처음 보는 손님이네요… 뭐 필요해서?"

"저… 반짝이 원단 좀 보려고…요."

수려가 우물거리자 언니가 먹다 만 음식 쟁반에 신문지를 덮으며 물었다.

"원래 소매는 안 하는데… 단골 트자고… 싸게 팔게!"

"조금만 사도 돼요?"

"뭐 하려고?"

왠지 눈이 슬퍼 보이는 언니가 고개를 바싹 들이밀며 물었다.

"옷… 아니… 뭣 좀… 만들려고요…."

"학생인 거 같은데 직접 옷을 만들어?"

"아… 네…."

수려는 더 오래 있으면 신상이 다 털릴 것 같아 반짝이 원단을 산 뒤 줄행랑을 쳤다. 남조선 사람들은 남의 일에 유난히 관심이 많다는 걸 알기 때문이다. 더 사고 싶은 건 많은데 가난한 주머니 사정을 생각해 밖으로 나왔다.

'얼른 돈 벌어서 원 없이 사고 싶은 재료 다 사서 옷 만들어야지.'

밖으로 나와 지금까지 돌아다닌 상가를 물끄러미 쳐다보았다. 겉으로 보기에는 허름해 보이는 상가 안에 진기한 재료들이 많다는 게 영 믿겨지지 않았다.

임대 아파트가 있는 환상촌 가는 버스가 금방 왔다. 수려는 버스 안에 앉아서도 유심히 옷 가게를 살폈다. 예쁜 마네킹이 입은 옷을 보며 상상의 나래를 펼쳤다.

'보라색 원피스에는 검정 재킷이 어울리는데… 촌스럽게 붉은 카디건을 걸쳐 놓다니….'

꿈꾸듯 창밖을 내다보느라 두 정거장이나 지나쳤다. 버스비를 아끼기 위해 걸었다. 걸으며 동네를 익히는 것도 나쁘지 않았다. 겨울 햇살이 아파트 꼭대기에 걸터앉은 걸 보는 순간, 마음이 급해졌다.

'엄마 오기 전에 얼른 들어가… 만들어야지.'

아파트 비밀번호를 누르고 들어오다 수려는 깜짝 놀랐다. 머리에 검은 띠를 두른 엄마가 수려를 쳐다보고 있었다. 아직 땅거미도 지지 않은 시간에 엄마가 집에 들어오다니.

"너? 지금 뭐 하는 거임? 검정고시 학원 벌써 끝난 거임?"

앗, 엄마는 수려가 지금 검정고시 학원 대신 의상 디자인 학원에 다니는 걸 모르고 있었다.

"몸이 째서리…."

수려는 정말 몸이 아픈 사람처럼 엄살을 부리며 구두를 벗었다.

"엄마도 온몸이 매 맞은 것처럼 째서 조퇴했는데… 너까지? 근데 아프다면서 양손에 든 봉지는 뭐임?"

간병인으로 일하면서 한 번도 조퇴라고는 해 본 적이 없는 엄마라 놀랐다.

"너무 무리하는 거 아님까? 간병인도 힘들 텐데… 주말 알바까지 하니 몸이 째죠."

"너 데려오느라 빚진 브로커비 빨리 갚아야…될 거 아임? 곧 대학도 가야 하고… 돈 들어갈 일이 고구마 줄기인데… 어찌 팡팡 놀 수 있슴?"

"나도 내 앞가림은 할 테니 제발…. 고만 좀 하심 안 됨까?"

"그나저나 그 봉지는 뭐임?"

엄마가 말을 마치자마자 수려의 손에 있는 검은 봉지를 휙, 낚아 챘다.

하얀 레이스

크고 작은 단추들

북한 장교들이 차고 다니는 듯한 널찍한 허리 벨트

반짝반짝 빛나는 옷감 등

동대문 시장에서 사 온 물건들이 주인 잃은 신발처럼 여기저기 나뒹굴었다. 엄마가 이마에 머리를 짚은 채 수려를 집어삼킬 듯 두 눈을 부릅떴다.

"이 애미나이가? 엄마 말 안 듣고 여전히…. 내래 너 그 따위 바느질이나 하라고 피 같은 돈 빚져 가면서 데려온 줄 암둥? 공부는 언제 하려고 딴짓임? 북한에서는 특수한 애들만 대학을 갔지만, 여기는 다르다는 것 모름? 대한민국은 대학 안 나오면 인간 대접 절대 못 받는 곳이라우. 왜 그리 엄마 속을 뒤집는 짓만 골라 하는 거지비?"

엄마는 화가 나면 더욱 북한 사투리가 심했다. 바느질을 하면서도 텔레비전에 나오는 배우들의 서울말을 따라 하는 수려와는 달리 고향 말을 버리지 못하는 엄마다.

"엄마. 여기도… 좋은 대학 나와도 취업 안 돼서 대학을 6년씩이나 다니고 있는 사람도 많아… 남조선도 변했다고. 난 옷 만들면서 살 거야. 인터넷에 잘 찾아봤더니 옷 만드는 것 가르쳐 주는 학원도 많아. 난 이미… 지금…."

의상 디자이너 학원에 다닌다는 걸 고백하려 했다. 하지만 엄마의 화난 얼굴을 보자 꼬리를 내릴 수밖에 없었다.

"그놈의 인터넷이 사람 잡는구나! 망조야. 망조…."

"인터넷이 뭘? 엄마는 암것도 모르면서…."

맞는 말이다. 수려에게 인터넷은 모든 것의 모든 것이었다. 하나원에서 인터넷에 대해 배우며 비로소 광명을 찾은 느낌이었다. 만물박사처럼 필요할 때면 언제든 도움이 되어 주었다. 북에서 오지행군 때 주어졌던 나침반 역할을 톡톡히 해 줬다. 무엇보다 인터넷은 혼자 놀기에 딱 좋은 친구였다.

"엄마는 남조선에서는 인터넷 못 하면 바본 줄 모르지? 아기를 키우는 것도 음식을 하는 것도… 심지어는 연애 상담까지… 인터넷이 모든 걸 가르쳐 주는 세상이라고…."

"인터넷이 네 앞길까지 열어 줌둥? 뭐 옷을 만들며 산다고? 너처럼 두리뭉실 옷 만들어서 어느 짝에 쓰려고? 짱짱한 대학 의상학과 나와도 성공하기 힘든 세상인데…. 뭔 헛소리임둥?"

"엄마 나도 남조선 학교 끝까지 다니고 싶었어. 근데 도저히 진도를 따라갈 수가 없었다고… 북한보다 더 막막하고… 미치겠는 걸어쩌냐고. 엄마 날 믿어 줘. 북한에서 엄마 없이 5년 간 내 힘으로 아버지 병간호하며 살았잖아. 난 내 식대로 살 거야."

수려는 일반 학교에 가 당한 고통이 생각나 울컥 목젖이 아팠다.

"학교생활이 힘들어도 참아야 하는 거 아임? 어려서부터 요상한 짓만 하더니… 쬥일 앉아 인형 옷이나 해 입히고… 그런데 여기까지 와서도 궁상이니… 어쩜 좋습?"

맞는 말이었다. 북에서도 수려는 늘 공벌레처럼 앉아 바느질을 했다. 고작 아빠가 어디선가 구해 준 인형 옷을 만들어 입히는 것이긴 했지만. 수려는 종일 집에 혼자 있어도 심심하거나 무섭지 않았다. 여름이면 입다 버린 러닝이나 내복에 들꽃이나 풀을 짓이겨 물을 들인 뒤, 옷을 만들기도 하고, 아빠의 낡은 군복을 잘라 잠바를 만들기도 했다. 물론 모두 손바느질이었다. 엄마가 돈 번다고 중국 장마당을 오가느라 집을 비울 때면 아예 학교조차 가지 않았다. 가 봤자 별 재미가 없었다. 선생님들도 장마당에서 밥벌이를 하느라 빠지는 때가 많아 수업이 제대로 되지 않았다. 거기다 강제 동원으로 노동을 하는 날이 많아 피곤하고 힘들었다.

아무도 없는 집에 앉아 바느질을 하다 보면, 손을 찔려 피가 나도 일없었다. 다 낡아 빠진 헝겊 쪼가리가 새 옷으로 변할 때 느끼는 희열은 상상 외로 컸다. 중국 장마당에 나갔다 며칠 만에 돌아온 엄마는 그런 수려를 늘 못마땅해했다.

"계집애가 옹송그리고 앉아 바느질하면 팔자 사나워진다고 했지비?"

엄마는 팔자라는 말이 무슨 뜻인지도 잘 모르는 수려의 종아리에 붉은 줄이 설 때까지 때려 가며 말렸다. 박달나무 회초리에 힘이 넘치는 걸 보면 엄마가 바느질하는 걸 얼마나 싫어하는지 알 것 같았다. 그래도 수려는 절대 빌지 않았다. 아니 빌 이유가 없었다. 바느질한다고 때리는 엄마가 원망스러울 뿐이었다.

"허구한 날 방바닥을 헤집어 놓고 이게 뭐하는 짓임둥?"

그렇게 중국 장마당을 오가던 엄마가, 몇 년 간 소식이 없게 되면서 집안이 휘청거렸다. 멀리 무산까지 탄광 일을 갔던 아빠는 병들어 눕게 되고, 수려는 그나마 다니던 학교마저 그만두었다. 집안일을 도맡아 하던 수려는 밥상 덮개며 행주 등을 만들어 장마당에 내다 팔기도 했다. 한 땀 한 땀 바느질을 하는 시간만큼은 엄마를 향한 그리움도 미래에 대한 불안도 잊을 수 있었다. 하얀 헝겊 위에 색색의 수를 놓는 순간만큼은 배고픈 줄도 몰랐다 무엇보다 행방불명된 엄마를 찾으러 검문을 나온 보위부의 눈을 피해 숨어 있기에 바느질만큼 좋은 친구는 없었다.

비닐봉지에서 쏟아져 나온 물건 때문에 엄마와 실랑이를 벌이는 동안에도 연신 메시지 오는 소리가 들렸다. '휘날레'였다. 가슴이 후당당 뛰었다.

"엄마, 내가 돈 벌어서 디자인 학원 다닐 테니까. 걱정 마."

"어휴. 골칫덩이… 넌 돌연변임둥. 니 아빠도 순종형인데 누굴 닮은 거임? 엄마 말 좀 들으면 지구가 뒤집힘등? 저렇게 말도 안 듣고 제멋대로인 애미나일 데려 오지 못해 밤마다 애간장을 태운 걸 생각하면… 내 팔자도 참…"

수려는 엄마의 잔소리를 뒤로 한 채, 방으로 들어왔다. 일단 반짝이 원단을 펼쳐 놓은 위에 패턴을 올려놓았다. 하얀 백묵으로 밑그림을 그린 뒤, 잘 드는 가위로 싹둑싹둑 오렸다. 역시 새 가위라 술술 잘 나갔다. 패턴 선을 따라 가위질에 몰입하려는데, 또 메시지가 왔다.

– 혹, 중간 작업…. 사진으로 올려 주실 수 있는지요?

휘날레의 재촉에 심장이 타들어 갈 것만 같다. 괜한 일을 벌였다 싶기도 하다. 확, 집어치우고 싶지만 심호흡을 한 뒤 메시지를 보냈다.

– 아직 구상 중입니다. 되는 대로 사진 올릴게요.
– 선급금을 너무 적게 줘서 작업이 늦어지는 건가요? 이번 코스프레 사진 대회에는 꼭 짱 먹고 싶단 말예요. &&&***%%%

마지막 문장 부호가 무엇을 뜻하는 것인지 알지만, 모른 척 무시했다. 남조선 사람들은 착하게 나가면 깔보는 경향이 있다는 걸 이미 알기 때문이다.

'되도록 까칠하게!'

오늘 밤에 패턴 뜨는 작업을 하고, 내일 의상 디자인 학원에 가 재봉틀을 하려면 완벽하게 준비를 해야 한다.

'아르바이트라도 해서 얼른 중고 재봉틀이라도 사야지.'

수려는 자신만의 재봉틀을 갖는 날을 손꼽아 기다렸다. 학원 실습 시간에 최신식 재봉틀 앞에 앉으면 황홀해졌다. 무엇이든 만들 자신이 생겼다. 드르륵, 소리와 함께 새로운 작품이 만들어질 때의 환희란! 수업이 끝나고 나서 더 연습한다는 핑계로 재봉틀을 돌리며 이것저것 만들다 보면, 어느샌가 팀장님이 다가왔다.

"수려 양은 정말 엑설런트 해요! 감각이 타고 났어요. 다음 전시회 페스티벌에 나갈 작품 한번 같이 해 봅시다. 그냥 썩히기엔 재능이 아까운데⋯."

팀장님은 혼잣말처럼 말을 흐렸다. 대기업 의상실에서 일을 했다는 꽁지머리의 팀장님은 겉모습만으로도 남다른 분위기가 팍팍 났다. 수려는 자유로우면서도 은근히 여성적인 냄새가 풍기는 팀장님의 '엑설런트'라는 말을 들을 때마다 가슴이 울렁거렸다.

매일 바뀌는 팀장님의 옷차림을 상상하며 대형 가방에 패턴대로 뜬 옷감을 챙기는데 벌컥 문이 열렸다. 엄마가 벌겋게 충혈된 눈으로 수려를 노려보았다. 가슴이 덜컥 내려앉았다.

"애미나이! 엄마 말을 무시함둥? 내래 더는 참을 수 없다우!"

엄마는 가방 속에 든 패턴과 옷감을 바닥에 팽개쳤다. 순식간에 방바닥에 널브러진 옷감 속에서 별들이 튀어나와 반짝였다. 분이 풀리지 않는지 가위로 싹둑싹둑 옷감과 패턴을 오려 버렸다. 수려는 엄마의 손에서 잘려 나가는 것이 옷감이 아니라, 자신의 꿈인 것 같아 울부짖으며 소리쳤다.

"차라리 날 오려 버려!"

꽃

지난 밤새 내린 눈으로 온 세상이 하얗게 변했다. 방송에서는 온통 눈 소식으로 요란 법석이다. 마치 눈을 세상에서 처음 보는 사람들처럼 말이다. 하긴 서울에서는 눈 구경하기가 쉽지 않다. 북에서는 집 앞의 눈은 물론 도로 눈까지 치우느라 지겨웠는데 말이다. 폐병으로 앓던 아빠가 돌아가신 날도 함박눈이 억수로 내렸다.

지난밤의 일이 미안한지 엄마는 불고기 반찬을 슬며시 수려 앞으로 내밀며 말했다.

"엄마 마음을 그렇게 모름? 목숨 걸고 남조선까지 왔으면 제대로 살아야 할 것 아님둥? 엄마는 고저 너만을 위해 죽을 둥 일하는데 넌 뭐임둥?"

엄마가 화해하자는 뜻으로 부드럽게 말했다. 수려는 말없이 불고기를 목구멍으로 넘기는 것으로 대답을 대신했다.

'선급금 다 날렸으니 어쩌지? 다시 광장 시장에 나갈 돈도 없고…'

입으로 고기는 넘기면서도 그저 막막하기만 했다.

"날래 공부하라우! 검정고시 패스해야 다음 단계를 밟을 거 아임둥?"

엄마는 늦었다면서도 잔소리를 한바탕 늘어놓은 뒤, 출근했다. 일요일인데도 쉬지 못하고 낯선 노인의 똥오줌을 가리러 나가는 엄마가 안쓰러웠다.

수려도 설거지를 대충 끝내고 밖으로 나갈 채비를 했다. 동네 성당 재활용 센터에 빨리 가야 좋은 물건을 구할 수 있다. 수려는 사람들과 눈 마주치는 것이 싫어 모자를 푹 눌러 쓴 채, 성당 뒷마당에 펼쳐진 '재활용 센터'를 찾았다. 허리가 구부정한 할머니가 진열대에서 옷가지들을 살피고 있었다. 서너 살 먹은 아이 손을 잡은 젊은 엄마도 눈에 띄었다. 처음 재활용 센터에 왔을 때는 정말 놀랐다.

'이렇게 좋은 옷들을 버리다니. 남조선 사람들은 얼마나 잘살기에… 정말 공짜로 가져가도 되는 걸까?'

모든 게 궁금했지만 물을 수는 없었다. 눈에 들어오는 대로 마음에 드는 옷을 골라 한 보따리 안고 들어왔다. 수려가 입고 있는 옷 중에 대부분은 재활용품이기도 하다. 두만강을 건너 국경선 일대에서 꽃제비 생활을 잠시 하던 때를 생각하면, 헌 옷도 과분했다. 솔직히 헌옷도 새 옷 같았다. 라벨도 떼지 않은 옷도 많았다. 모든 게 풍성해 보이는 세상에 살게 되었다는 사실이 기쁘면서도 왠지 서글

폈다. 고향에서는 볼 수조차 없는 옷을 여기서는 넝마주이에게나 넘기다니. 왠지 자신이 거지 나라에서 온 기분이 들 때도 있었다. 그럼에도 자주 재활용 센터에 오게 되었다. 중독이었다.

"북에서 온 디자이너 / 장 폴 고티에를 향하여!"

수려는 좁지만 아늑한 방 중앙에 좌표를 그려 놓고 오가며 자신을 채찍질했다. 인터넷 속에서 만난 고티에에 현혹되어 실제로 동대문 DDT에서 하는 전시회에도 나가 보며 더욱 흠모하게 되었다. 우아하면서도 독특한 옷을 만드는 그를 닮고 싶었다. 수려가 잠시 딴생각을 하는 사이 봉사하는 아주머니가 큰 소리로 말했다.

"어휴, 예쁜 학생… 아니 아가씨가 오니 우중충한 옷들이 환해 보이네… 오늘은 좀 건질 게 많을 거야. 성북동 부자 동네에서 나온 옷들이 꽤 되거든. 얼른 챙겨 봐."

노란 자원 봉사 조끼를 입은 아주머니가 수려에게 알은체를 하며 챙겼다. 아주머니는 수려가 올 때마다 살갑게 대해 주었다. 조용히 고개 숙여 인사를 드린 뒤, 수려는 보물 찾듯 옷가지를 들췄다.

"부자 동네에서 나온 옷이라 다르긴 하지? 혹시… 감춰 둔 수표가 들어 있을지도 모르니까…. 주머니부터 샅샅이 뒤져 보라고. 호호."

아주머니가 심심한 듯 농담을 했다. 실제로 지금까지 본 재활용 옷과는 확실히 달랐다. 수려는 옷감만 봐도 단가는 물론 무슨 옷을 만들지 감이 잡혔다. 남조선 옷은 대부분 감의 질이 좋았다. 하지만 '메이드 인 차이나'가 붙은 옷이 많았다. 가져온 커다란 가방에 잔뜩 옷을 챙겨 넣었다. 그만 돌아가려는데, 눈앞에 확 띄는 물건이 있었다. 북에서 인민군들이 입던 군복 같은 잠바가 보였다. 얼룩무늬를 보는 순간, '휘날레'가 떠올랐다.

'기발하고 특이한 옷! 세상에 하나밖에 없는 작품!'

느릿느릿 물건을 고르던 할머니가 수려가 든 얼룩 옷에 관심을 가졌다. 수려는 자신도 모르게 얼른 가방에 집어넣었다. 할머니가 입을 삐죽이며 그릇이 잔뜩 쌓인 쪽으로 갔다. 가져온 가방이 차서 더는 구겨 넣을 수가 없었다.

'겹쳐 입자!'

수려가 군용 얼룩 잠바를 꺼내 입자 아주머니가 놀란 표정으로 바라보았다.

"미모가 되니 뭘 입어도 예쁘다니까…."

아주머니의 호들갑이 아니라도 수려는 군용 잠바가 마음에 꼭 들었다. 수려는 쏜살같이 집으로 돌아와 패턴을 꺼내 놓고 과감하게 가위질을 했다. 내일 재봉틀 끝내서 중간 사진 올린 다음 중도금을 요구할 생각이다.

코스프레 동호회에 올라온 행사 사진들을 보면, 대부분 비슷했다. 일본 만화 캐릭터의 주인공을 모방한 시스루 스타킹을 신은 화려한 원피스 차림이라든가, 캐츠 도레미 차림, 혹은 일본 간호사 차림이나 교복을 개조한 차림들이었다.

'그저 예쁘기만 한 원피스가 아니라, 중성적인 분위기인 아이언 맨 스타일을 만들어 봐야지.'

수려는 그동안 디자인 학원에서 배운 것을 해 보고 싶은 마음에 손길이 빨라졌다.

반짝이 감을 기본으로 그 위에 얼룩무늬를 덧대면 독특한 옷이 될 듯싶었다. 간신히 건진 벨트를 사용할 허리 라인을 넓게 본을 떴다.

엄마가 들어오기 전, 재봉틀을 하기 위해 부리나케 학원엘 나갔다. 다행히 팀장님이 작업을 하고 있었다.

"웬일이야? 쉬는 날에?"

"저… 연습할 게 있어서요… 재봉틀 써도 되지요?"

"그럼, 대단해. 수려 양. 난 약속 있어서 나가야 하는데… 지난번 처럼 문 잠그고 나가도록 해. 수고!"

팀장님이 엄지손가락을 추켜올리며 나갔다. 본격적으로 작업을 시작했다. 드르륵, 고요를 뚫고 흐르는 재봉틀 소리가 냇물 소리처럼 정겨웠다.

배꼽시계가 신호를 보내도 아랑곳없이 앉아 바느질을 했더니, 어느 정도 작품이 완성되었다. 중간 보고를 하기 위해 사진을 찍었다. 넓은 작업대에 패턴을 펼쳐 놓으니 색달랐다. 사진을 찍자마자 휘날레에게 보냈다. 채 5분도 안 되어 손전화기가 부르르 떨었다.

- 헉, 이게 뭐예요? 웬 원피스? 난 남자란 말입니다.

메시지를 보는 순간, 숨이 멈출 것 같았다.

- 키 160에 허리 사이즈가 25라고 하지 않으셨나요?
- 키 작은 남자도 있어요. 쩝.
- 죄송합니다. 당연히 여자라고만 생각했어요.
- 어떡해요? 대회가 코앞인데….
- 다시 만들게요. 죄송합니다.
- 대신…. 작품 만들면 대회장으로 갖다 주세요. 오늘이 목요일인데 지금 만들어서 우편으로 부칠 수는 없잖아요. 12시쯤 시민의 숲에 있는 도라 빌딩 행사장에 와서 전화하세요.

주고받던 메시지를 끊고 나자 맥이 풀렸다. 더군다나 휘날레의 명령 조 말투가 영 마음에 걸렸다. 직접 물건을 전해 달라는 것도 부담스러웠다. 다행인 건, 호기심으로 한 번 가 본 곳이 행사장이라는 것이다.

'왜 나는 여자라고만 생각을 한 거지? 허리 사이즈가 25라니까 당연히 여잔 줄 알았지. 그래도… 바보… 다시 원점으로 돌아가야 잖아!'

수려는 머리를 쥐어박으며 툴툴댔다. 무엇보다 원피스가 아니면 무슨 작품을 만들지 깜깜했다. 할 수 없이 실장님 책상에 있는 컴퓨터를 켰다. 검색어에 '코스프레 동호회'를 친 뒤, 돌아다니며 행사 사진을 클릭해 보았다. 특별한 건 없었다. 남자들은 군복이나 교복 등 제복을 입고 총이나 칼을 찬 경우가 대부분이었다.

문득 DDT에 가서 장 폴 고티에 전시회에서 본 작품이 생각났다. 자유로운 영혼을 대변하는 펑크스타일! 원시인 남자를 떠올리게 하는 작품이면 좋을 듯싶었다. 새 작품을 만들려면 옷감이 필요했다. 수려는 부리나케 주변을 정리하고 성당을 향해 달렸다. 다행히 문 닫기 전이었다. 하지만 파장 분위기가 역력했다.

"또 왔어? 재미 들렸나 보네⋯. 이제 별것 없는데⋯."

다크 서클이 짙게 내려앉은 아주머니가 하품을 하며 말했다.

"잠시만 기다려 주시면 안 돼요?"

"저쪽 그릇부터 싸고 있을 테니 살펴봐⋯. 상자에도 좀 있을 거야⋯."

수려는 아무렇게나 쌓아 놓은 옷가지들을 샅샅이 뒤졌다. 은빛이나 흰색 옷가지는 무조건 건졌다. 얼룩무늬 옷도 집었다. 한쪽에 밀어 놓은 상자 안을 들여다보는데, 색동으로 된 한복이 보였다. 번개처럼 아이디어가 떠올랐다. 고티에가 즐겨 만들던 줄무늬 의상을 변형하면 될 듯싶었다. 색동옷을 가방에 집어넣은 뒤, 잽싸게 센터를 빠져나왔다.

집에 가면 엄마에게 들킬까 두려워 다시 디자인 학원엘 갔다. 주머니에 잘 챙긴 열쇠로 문을 열고 들어갔다. 교실 안에 감도는 정적이 감미로웠다. 배가 고파 정수기에서 생수를 받아 들이마신 뒤 패턴을 놓고 본을 떴다. 땅거미가 지면서 거리의 간판에 불이 들어왔다. 어깨가 아파 잠시 기지개를 켜며, 창밖을 내다보았다. 도망치듯 달리는 자동차 물결에 멀미가 날 것 같았다. 서울은 여전히 복잡하고 바쁜 사람들로 넘쳐나는 도시였다. 수려는 창문에 비친 해쓱한 자신을 향해 물었다.

'정말 돈 받을 만한 작품을 만들 수 있을까?'

갑자기 자신감이 곤두박질쳤다. 휘날레의 못마땅해하는 얼굴이 오버랩 되면서 온몸에 기운이 빠졌다. 수려는 강하게 머리를 흔들며 믹스 커피를 타 마셨다. 다행히 과자 부스러기도 눈에 띄었다. 갑자기 허기가 몰려왔다. 정신없이 과자를 집어 먹었다. 꽃제비 생활을 하며 쓰레기통을 뒤지던 생각이 나 씁쓸했다.

'일단 군청색 잠바를 오려 밑 작업을 한 뒤, 색동저고리의 문양을 다양하게 살리자.'

일단 무엇을 만들지 정해지자 진도가 착착 나갔다. 가져온 옷가지들을 펼쳐 놓고 필요한 대로 오려 놓았다. 특히 색동저고리는 조각조각 다양한 모양을 만들었다. 군청색 잠바에 빈티지 냄새가 물씬 풍기게 장식을 달았다. 오려 놓은 색동 문양을 주머니에 포인트로 넣었다. 제법 작품이 되어 가는 것 같았다. 끈 대신 위엄 넘치는 벨트를 낄 수 있도록 고리를 만들었다. 시계를 보니 자정이 넘었다.

사위가 고요했다. 창밖의 차량도 확실히 줄었다. 집으로 가는 시내버스도 분명 끊겼을 것이다. 화난 엄마 얼굴이 떠올라 전화조차 못걸고 있는 찰나에 전화가 왔다.

"지금 뭐 하는 거임? 어디야? 엄마 속 이렇게 썩일 거임?"

의외로 엄마의 목소리는 담담했다. 화를 내지 않는 엄마 목소리를 들으니 더욱 미안했다.

"여기 디자인 학원인데… 작업하다 보니 버스를 놓쳤어… 걱정마시고 주무세요. 엄마…"

"뭐임? 디자인 학원? 검정고시 학원이 아니고?"

엄마가 큰 소리로 외쳤다. 수려는 얼굴 보고 말하는 것보다 낫겠다 싶어 모든 걸 털어놓았다. 검정고시 학원에서 느끼던 절망감, 인터넷 세상에서 만난 옷 만드는 학원을 발견했을 때의 희열 등에 대해 낱낱이 고백했다.

"못 말리겠네. 어려서부터 별나더니… 정말 별종 에미나이. 위험한 건 아임둥?"

엄마도 어쩔 수 없다는 듯 딸 걱정으로 전화를 끊었다. 수려는 자리에서 일어나 문을 단단히 잠근 뒤, 다시 바느질을 시작했다. 포인트 작업은 일일이 손바느질을 했다. 깜빡 졸다 손이 찔려도 피로한 줄 몰랐다. 수려는 자신의 미래를 수놓듯 한 땀 한 땀 정성을 들였다.

꼬르륵!

배에서 천둥소리가 요동을 쳤다. 시계를 보니 새벽 네 시였다. 사무실 안에 감도는 정적이 두려워 벌떡 일어나 창밖을 내다보았다. 거리는 한산했고, 가로등만이 졸린 듯 희미하게 비추었다. 파도처럼 피로가 밀려왔다. 팀장님의 푹신한 의자로 가 까무룩 잠이 들었다.

～～

어렵지 않게 행사장을 찾았다. 건물 안으로 들어서자, 사람들이 어마하게 많았다. 여전히 별세계에서 온 외계인들로 가득했다. 넋을 놓고 있는데 손전화가 울렸다. 휘날레다. 기다리고 있다는 티켓 부스를 찾아 두리번거리는데, 누군가 수려의 어깨를 쳤다.

"수려님 맞죠?"

키가 작달막한 남자 아이였다. 파란 렌즈를 낀 눈동자가 고양이를 연상케 했다. 하얗게 분칠한 얼굴은 외계인처럼 보였다. 수려가 시선을 어디에 둬야 할지 허둥대자, 휘날레가 가방을 낚아챘다.

"내 거 맞죠? 얼른 풀어 볼게요!"

목소리도 가늘면서 음색이 높아 여성스러웠다.

"어머머! 이게 뭐예요? 중간에 사진으로 볼 땐 특이하고 좋더니… 완전 꽝이네!"

휘날레가 분칠한 얼굴을 실룩거리며 소리를 질렀다. 수려는 가슴이 쿵 내려앉는 것 같았다. 낭패다 싶어 온몸에 기운이 쏙 빠졌다.

"마음에 안 드세요? 동호회 사진 보니 모두 비슷해서… 다르게 표현하려고 만들어 본 거예요. 펑크스타일 싫으세요?"

수려는 옷에 대한 설명은 해야 될 듯싶어 모기만 한 소리로 말했다. 휘날레가 기가 막힌다는 듯, 옷을 꺼내 흔들며 수려를 다그쳤다.

"이게 특이하다고요? 완전 거렁뱅이 옷이네요. 쪽팔려, 난 망했어! 어쩐지 싸다 했더니… 엿됐다. 증말 왕짜증…."

수려는 좀 심하다 싶으면서도 그저 고개만 조아렸다.

그런데 행사장으로 올라가는 엘리베이터에서 한 남자가 내려왔다. 긴 머리를 묶은 모습이 어디서 많이 봤다 싶었다.

"아니! 수려 양! 여기 무슨 일이에요?"

디자인 학원 팀장님이었다. 수려는 귀신에 홀린 것 같았다. 이런 곳에서 팀장님을 만나다니. 수려는 허벅지를 꼬집어 보았다. 분명 꿈은 아니었다.

"앗, 허달수 디자이너님. 아는 사람이세요?"

휘날레가 팀장님을 아는 듯 굽실거리며 알은체를 했다.

"쳇, 전 망했어요. 오늘 사진 콘테스트에는 참가조차 못하게 되었다고요. 오늘은 디자이너님 심사에 꼭 뽑히고 싶었는데…."

휘날레의 말에 팀장님은 모든 것을 눈치챘다는 듯, 바닥에 걸레처럼 내팽개친 옷을 집어 들었다.

"척 보기에도 아주… 엑설런트예요. 창의적이고! 이걸 수려 양이 만들었군. 수업 후에 남아서 만든 작품인가? 허허."

팀장님의 과찬에도 수려는 왠지 쥐구멍을 찾고 싶었다.

"무슨 말씀이세요? 저 괴상망측한 옷을 어떻게 입으라는 거예요."

"이 행사의 정확한 취지를 모르는군! 남을 무조건 따라 하는 게 아닌, 자신만의 세계를 보여 주는 자리 아닌가? 내가 보기에 옷감도 모두 재활용한 것 같아 좋은데…."

팀장님은 말을 마친 뒤, 수려의 어깨를 두드린 뒤, 다시 엘리베이터를 탔다. 그 뒤를 이어 울긋불긋 다양한 옷차림의 사람들이 따라 올라갔다. 색동저고리 빛보다 더 찬란했다. 거기다 모두 형형색색의 눈빛으로 지상에서 가장 행복한 미소를 지었다.

"에잇, 그냥 입어야지…. 어쩌겠어. 돈은 나중에 입금할게요."

휘날레는 징징대며 옷을 챙겨 어디론가 사라졌다. 수려는 아무 말도 못 한 채, 행사장을 빠져나왔다. 찬바람이 온몸을 훑고 지나 갔다. 비로소 화끈거리던 얼굴이 평정을 찾았다.

'세상에! 저 많은 사람들이 입은 다양한 옷들이라니! 저 옷들은 누가 만들었을까?'

수려는 혼자 중얼거리며 전철을 향해 걸었다.

"유령들의 잔치인가? 좀비들이 행진하는 것 같기도 하고… 무리 속에 함께 있지만 결코 어울리지 못하는 몸짓들… 신기해."

순간, 수려는 코스프레 행사장에 나온 사람들과 자신이 닮았다는 생각이 들었다. 여럿이 있어도 늘 혼자인 사람들. 왠지 가슴에서 바람이 일렁였다.

"또 가위질임둥? 너도 남조선 친구도 사귀고 그래야지. 허구한 날 방안퉁수처럼 앉아 그 짓거리임둥…. 엄마 속 터져 죽는 꼴 보고 싶은 거임?"

엄마의 잔소리가 날이 갈수록 심해졌다. 수려는 혼자 놀고, 먹고, 자는 게 편하고 좋은데, 엄마의 걱정 지수가 높아져서 고민이다. 아무래도 며칠 전 팀장님이 제시하던 말에 따라야 할듯 싶다.

"수려 양. 양재동 행사에서 본 옷…. 대단한 호응이었던 거 알아? 심사위원 모두 반응이 좋았지. 다만 본인 작품이 아닌 게 흠이라 대상을 못 받은 거야. 작품비 톡톡히 받아야 하는데…. 연락 왔어?"

휘날레는 그날 이후로 연락 두절이었다. 잔금도 보내지 않았다. 며칠 전 동호회 카페에 들어가서야 상을 받은 걸 알았다. 그렇다고 팀장님에게 시시콜콜 말하고 싶지도 않았다. 국경선을 넘으며 죽을 고비를 넘기며 만난 사람들 중에는 휘날레보다 더한 사람도 많았다. 그쯤 일도 아니라고 생각하니 휘날레가 밉지 않았다.

'음…. 그동안 생각해 봤는데… 수려 양 제대로 공부해 보는 게 어때? 업계 선배님이 천안에 패션 디자인 학교를 세웠어. 거기 추천할 테니 들어가라고. 기숙 제공 전문학교니까 숙소 걱정은 안 해도 될 테고….'

"이제 엄마가 말을 해도 딴청을 해? 도대체 언제까지 청승 떠는 꼴을 봐야 하는 거임? 엄마는 삭신이 쑤시고 아파도 노인네 똥 기저귀 가는데… 넌 뭐임둥?"

엄마가 가슴을 치며 울부짖었다. 수려도 목젖이 울렁댔다. 이대로는 안 될 듯싶었다. 떨어져 사는 동안 그토록 그리워하던 엄마와 이렇게 지옥처럼 살 수는 없었다.

"엄마… 나 학교 다닐게… 대신 천안에 있어. 학교가."

패션 학교라는 말은 다음에 하기로 했다. 엄마가 놀란 얼굴로 바라보는 걸 알면서도 수려는 못 본 척 짐을 꾸렸다. 우선 바느질 도구부터 챙겼다. 서랍 안이며 봉지마다 챙겨 놓은 헝겊들이 자신도 데려가 달라고 아우성이었다. 모두가 가족처럼 살갑게 느껴졌다.

'물론이지. 너희들은 내 분신이니까!'

솔직히 '덕후'가 내게는 생소한 말이었다. '덕후'라고 써 놓고 '몰입'이라고 읽고 있는 나를 발견하며 웃었다. 청소년 소설을 쓴다는 내가! 의식의 전환이 필요했다.

그 즈음에 양재동 숲을 지나다 '코스프레 행사장'을 보게 되었다. 한마디로 충격적이었다. 요란하면서도 기상천외한 복장을 한 아이들의 민낯을 보기 위해 동호회에 가입부터 했다. 그러면서 실제로 코스프레에 빠진 아이들을 만나 이야기를 나누며 많은 걸 느끼고 배웠다. '덕후'의 본질을 알게 되었달까?

북에서 온 '수려'가 코스프레 차림의 아이들을 만나면 예전의 내 모습처럼 놀랄 것이란 상상으로 소설은 시작되었다. 오랫동안 북에서 온 친구들과 생활해서인지, 나는 자연스럽게 탈북 청소년들의 이야기를 많이 쓰게 된다. 실제로 북에서 온 친구 중에 공부가 아닌 '옷 만드는 것'을 즐기던 친구가 있다. 그 친구는 지금 대학 의상디자인학과에서 열심히 길닦기를 하고 있다. 이 소설은 수려처럼 목숨 걸고 이 땅에 와 당당하게 자기 길을 찾아가는 친구들을 향한 응원가다.

"너희들은 무엇이든 해낼 수 있어. 파이팅!"

존비

정명섭

형진은 속으로 작가의 강의가 더럽게 재미없다고 투덜거렸다. 거기다 작가는 말까지 심하게 더듬었다. 문학의 가치와 소설의 미래는 반 강제로 끌려온 아이들에게는 딴 나라 얘기였다. 제일 앞줄에 앉아서 졸지도 못하고 꼼지락거리던 형진의 귓가에 '좀비'라는 얘기가 들린 것은 끝나기 직전이었다.

"여러분은 좀비를 믿습니까?"

돌발적인 질문이었는지 뒤쪽에 앉아서 스마트 폰을 들여다보던 사서 선생님이 고개를 들었다. 작가의 질문에 맨 처음 반응을 보인 것은 구석에서 자기들끼리 떠들던 민준이 패거리였다. 그들이 내는 키득거리는 소리가 들렸다. 괜히 눈길을 끌면 좀비 흉내를 내라고 할까 봐 걱정이 된 나머지 작가의 나머지 얘기가 귀에 들어오지 않았다. 그러거나 말거나 작가의 얘기는 쭉 이어졌다.

"사람들은 대부분 좀비는 실제로 존재하지 않는다고 믿습니다.

하지만…."

작가가 만들어온 PPT 화면이 바뀌면서 외국 뉴스가 보였다. 영어로 브레이킹 뉴스라고 뜬 화면은 형진에게도 익숙한 것이었다. 아이들이 술렁거리는 가운데 작가가 신난 목소리로 말을 이어 갔다.

"작년 미국 캘리포니아 주 새너제이라는 도시에서 일어난 사건입니다. 합성마약에 취한 마약 중독자가 노숙자를 공격해서 얼굴을 비롯한 신체 일부를 뜯어먹은 사건이죠. 경찰이 출동해서 총격을 가했지만 무려 19발이나 맞고도 계속 움직였다고 하네요."

PPT 화면이 바뀌자 다음 화면이 뭔지 알고 있던 형진은 그다지 놀라지 않았지만 여기저기서 작은 비명이 터져 나왔다. 얼굴이 잔뜩 뜯어 먹힌 피해자와 총격을 받고 죽은 가해자의 얼굴이 눈 부분만 모자이크 처리된 채 나온 것이다. 구석에 앉아 있던 사서 선생님의 표정이 파랗게 질려 버린 게 보였다.

"미국 경찰이 내린 결론은 마약에 취한 가해자의 이상 행동이었지만 그렇게 보기에는 이상한 점이 한둘이 아닙니다. 어쩌면 우리는 좀비와 같은 시대를 살고 있을지도 모릅니다."

그때 수업시간이 끝나는 벨이 울렸다. 벌떡 일어난 사서 선생님이 앞으로 나와서는 무미건조한 목소리로 말했다.

"자, 지금까지 여러분에게 좋은 얘기를 들려준 박병훈 작가님에게 큰 박수 부탁드립니다."

대충 박수를 친 아이들이 밖으로 나가는 와중에 형진은 슬쩍 작가를 바라봤다. 안경을 추켜올린 사서 선생님이 주섬주섬 짐을 챙기는 작가에게 말을 건네는 중이었다. 표정으로 봐서는 좋은 얘기는 아닌 거 같았지만 작가는 별다른 반응을 보이지 않았다. 고개를 숙인 채 말을 건넬까 말까 고민하던 형진은 갑작스럽게 들린 작가의 목소리에 깜짝 놀랐다.

"너, 좀비 좋아하지?"

고개를 든 형진은 아무 대답도 하지 않았지만 작가는 다 알고 있다는 표정으로 말했다.

"아까 화면을 보여 줄 때 다들 놀랐는데 너만 아무렇지도 않더라."

속으로 보기보다 예리하다고 생각한 형진이 대답했다.

"좋아하지는 않지만 언젠가 나타날 거라고 믿어요."

그러자 의자를 당겨 옆에 앉은 작가가 물었다.

"보통은 좋거나 싫다고 얘기하는데 너처럼 대답하는 건 처음이다."

속마음을 파고든 듯한 작가의 물음에 형진이 작게 한숨을 쉬고는 대답했다.

"어릴 때 좀비가 되는 꿈을 꾼 적이 있어요. 그때는 그게 뭔지 몰랐는데 나중에 알고 보니까 좀비더라고요."

"좀비가 되고 싶니?"

작가의 물음에 형진은 고개를 저었다.

"꿈에서 좀비로 변한 저를 보고 가족과 친구들이 모두 비명을 지르거나 도망쳤어요. 절대로 좀비가 되지 않을 거예요."

"다들 좀비들이 나타나면 그냥 포기하겠다고 하던데 넌 그러지 않겠구나."

작가의 물음에 형진은 조심스럽게 대답했다.

"아버지가 술에 취하면 좀비처럼 변하셨어요. 딱 꼬집어서 말할 수는 없지만 전 언젠가 좀비가 나타날 거라고 믿어요."

아무에게도 털어놓지 못한 말을 한 형진에게 작가가 흐뭇한 미소를 지었다.

"맞아. 좀비를 과학적으로 분석한다는 건 어리석은 일이야. 네가 말한 접근 방식은 굉장히 신선하고 흥미롭구나."

그렇게 얘기를 주고받는 사이 패거리들을 끌고 지나가던 민준이가 큰 소리로 외쳤다.

"개 별명이 존비예요. 존비. 존 나게 약한 좀비요."

제발 그 별명을 부르지 말라고 따까리 노릇을 그렇게 했건만⋯ 형진은 주먹을 불끈 쥔 채 노려봤지만 그뿐이었다. 자칫 반항이라도 하면 쉬는 시간에 화장실로 불러서 좀비 흉내를 내라고 할 게 뻔했기 때문이다. 민준이 패거리의 모습을 물끄러미 바라보던 작가가 한 마디 했다.

"이번 주말에 시간 있니?"

형진이 아무 대답 없이 바라보자 작가는 가방에서 뭔가를 꺼내서 건넸다.

"우리 같은 사람들이 모여서 세상을 구할 준비를 하고 있단다. 너도 싹수가 보이는 것 같으니까 생각 있으면 나한테 연락해."

이건 무슨 영화 속에서나 나올 법한 대사였다. 조커 같은 웃음을 남긴 작가는 낡은 가방을 둘러매고 도서실을 빠져나갔다. 그 모습을 물끄러미 바라보던 형진은 작가가 건네준 것을 들여다봤다. 푸른색으로 만든 작은 명함에는 영어로 된 글씨와 흑인인지 좀비인지 모를 조잡한 그림이 그려져 있었다.

"프리덤 워치?"

그 글씨 아래에는 한국 지부장 박병훈이라는 이름과 휴대폰 번호가 작게 박혀 있었다. 잠시 명함을 들여다보던 형진은 바지 주머니에 쑤셔넣고 도서실을 빠져나왔다. 반으로 돌아가서 반장에게 주머니에 넣어 뒀던 휴대폰을 건네받은 형진은 가방을 둘러매고 복도로 나왔다. 고개를 숙인 채 걷느라 민준이가 다가와서 다리를 거는 것을 피하지 못했다. 균형을 잃은 형진은 그대로 꼬꾸라지고 말았다. 바닥에 찍힌 무릎 때문에 깡총거리는데 뒤에서 민준이와 그 패거리들의 웃음소리가 들려왔다. 뒷문으로 해서 바로 운동장으로 나갔어야 했다는 후회를 하면서 화장실로 끌려갔다. 패거리 중 한 명이 화장실의 유리문을 등지고 서자 팔짱을 낀 민준이가 말했다.

"그동안 스킬이 많이 늘었는지 궁금해서 말이야."

"지, 지난번에 시키는 대로 하면 더 이상 안 시킨다고 했잖아."

형진의 반항에 코웃음을 친 민준이가 팔짱을 풀었다.

"거봐, 이렇게 풀어 주면 말대꾸한다고 했잖아."

순간 위험하다는 생각이 들었지만 한발 늦고 말았다. 훌쩍 날아오른 민준이가 발로 아랫배를 걷어찬 것이다. 숨이 막힌 형진은 화장실 바닥에 주저앉았다. 중 2때까지 학교 태권도 대표였던 민준이는 선배들과 함께 여선생을 성희롱했다가 걸려서 1년 동안 꿇었다. 그리고 복학해서 이 학교로 전학을 왔다. 유급을 당했기 때문에 한 살이 더 많았고, 학교를 쉬는 동안 동네 양아치 형들이랑 퍽치기에 아리랑치기를 해서 용돈벌이를 했던 경력 때문에 단숨에 학교 짱이 되었다. 앞선 학교에서의 경험 때문인지 학교 선생은 절대 건드리지 않았다. 대신 애들을 다양한 방식으로 괴롭혔다. 돈이 많은 애들에게는 돈을 뺏었고, 가난한 집 애들에게는 이런 저런 심부름을 시키거나 제멋대로 별명을 붙여 주고 괴롭혔다. 형진에게 좀비 흉내를 내 보라고 시키는 것도 그중 하나였다. 숨을 못 쉬어서 끙끙거리는 그에게 민준이 다가와 속삭였다.

"소환사의 협곡 할래? 아니면 그냥 존비 할래?"

LOL에서 나오는 미니언 흉내는 존비보다 몇 배는 어려웠기 때문에 선택의 여지가 없었다. 벌떡 일어난 형진은 두 팔을 앞으로 벌린 채 다리를 질질 끌면서 걸었다. 그 모습을 본 민준이 세면대에 걸터앉으면서 소리쳤다.

"소리는 왜 안 내?"

헛기침을 몇 번 한 형진은 영화에서 좀비들이 내는 낮은 울음소리를 냈다. 그러자 민준과 패거리들이 배를 움켜잡고 웃었다. 좀비 흉내가 마음에 들지 않으면 무슨 일이 벌어질지 몰랐기 때문에 속으로 안도의 한숨을 쉰 형진은 다리를 질질 끌면서 화장실 안을 좀비처럼 돌아다녔다. 겨우 풀려난 형진은 교문을 박차고 나오자마자 뒤도 돌아보지 않고 달렸다. 아파트 단지 화단의 낮은 담장을 넘어간 다음에야 숨을 돌린 그는 벤치에 걸터앉은 채 숨을 몰아쉬었다. 개를 끌고 산책 하던 아줌마가 잔뜩 웅크린 채 거칠게 숨을 쉬는 형진을 이상한 눈으로 바라봤다. 괜히 불안해진 형진은 벤치에서 일어나서 집으로 향했다. 제정신이 돌아오자 아까 작가에게 받은 명함이 생각났다. 다행스럽게도 그 난리통 속에서도 바지 주머니에 잘 들어 있었다. 전화를 할까 말까 고민하던 형진은 명함을 도로 주머니에 쑤셔 넣고 집으로 향했다.

집 안은 엉망이었다. 부모님은 다단계 사기 규탄 집회에 나갔는지 모습이 보이지 않았다. 동네에서 작은 치킨 집을 하던 부모님은 몇 년 전, 무슨 바람이 불었는지 다단계에 빠져들었다. 덕분에 집 안에는 옥돌 장판매트를 비롯해서 쓰지도 않을 물건들이 잔뜩 쌓여 갔다. 더 이상 쌓아 둘 곳을 찾지 못했을 즈음, TV 뉴스에 부모님이 빠져들었던 다단계 회사가 엄청난 사기를 쳤다는 사실이 보도되었다. 덕분에 형진의 가정은 풍비박산이 났다. 엄청나게 돈을 쏟아부였던 부모님은 치킨 집 문을 닫은 채 대책회의와 규탄집회에 나갔다. 형진이 좀비에 빠져든 것도 그 무렵이었다. 우연찮게 유튜브를 통해서 본 워킹데드의 좀비들이 너무나 부러웠던 게 시작이었다. 아무런 생각을 할 필요가 없고, 공부를 하거나 학교를 다닐 필요도 없어 보였기 때문이다. 그때부터 좀비에 푹 빠져들어서 관련 영화와 책들을 보게 되었다. 그러면서 자연스럽게 형진에게는 좀비라는 별명이 붙었다. 민준이가 '존나게 약한 좀비'라는 뜻의 존비라고 부르면서 새로운 별명이 되어 버렸다. 부엌의 찬장에서 컵라면을 꺼내서 뜨거운 물을 부은 다음 방으로 들어간 형진은 컴퓨터를 켜고 토렌트로 다운 받은 영화들을 넣어 둔 파일을 클릭했다. 마우스로 목록들을 천천히 살펴보던 형진이 중얼거렸다.

"오랜만에 이걸 볼까?"

그가 고른 건 2009년 프랑스 좀비 영화인 《더 호드》였다. 낡은 아파트에서 갱단과 경찰이 힘을 합쳐서 좀비와 싸운다는 내용이었다. 몇 번 보긴 했지만 오늘 같이 꿀꿀한 날에는 실컷 치고받고 총질해 대는 영화가 딱이었다. 컵라면을 모니터 앞에 놓고 트레이닝복으로 갈아입은 형진은 낡은 의자에 앉았다. 영화는 이미 몇 번 봤기 때문에 내용은 꿰고 있었다. 컵라면을 먹으면서 내내 영화를 보던 형진은 밖에서 들려오는 소란스러움에 얼른 컴퓨터를 끄려고 했다. 하지만 한발 늦고 말았다. 문을 벌컥 열고 들어온 아버지의 목소리에는 짜증과 술 냄새가 함께 배어 있었다.

"이노무 자식이 하라는 공부는 안 하고 맨날 귀신 나오는 영화만 쳐 보고 있어."

뭐라고 변명을 하기도 전에 뒤통수에 불이 났다. 잔뜩 인상을 쓴 형진이 얻어맞은 뒤통수를 움켜쥐고 돌아섰다.

"숙제 다 하고 보는 거라고요."

"숙제만 다 하면 뭐해. 공부를 해야지. 공부 열심히 안 하면 말짱 도루묵이야."

사기를 당한 후 부쩍 술이 늘어난 아버지는 점점 말이 어눌해지고 앞뒤가 안 맞았다. 형진은 바보같이 사기나 당한 주제에 누굴 훈계하느냐고 따지려고 했지만 뒤따라온 어머니가 아버지의 팔을 잡아끄는 바람에 타이밍을 놓치고 말았다. 어머니에게 끌려 나간 아버지는 마루에 있는 소파를 발로 걷어차면서 성질을 부렸다.

"이놈의 집구석이 제대로 안 되니까 바깥일이 이 모양 이 꼴이지!"

몇 번 발길질을 한 아버지는 안방으로 들어갔다. 어머니는 아버지가 걷어찬 소파에 걸터앉으면서 두 손으로 머리를 감쌌다.

"무슨 일이에요?"

형진의 물음에 어머니는 깊은 한숨을 쉬었다.

"망했어. 대책 위원회 지도부에서 돈을 받아 줄 테니까 탄원서에 서명을 해 달라고 해서 해 줬거든. 근데…"

"그런데요."

"그 작자들이 그 사기꾼한테 뒷돈을 받았다더라. 그걸로 자기들끼리 나눠 갖고 우리들한테는 탄원서를 써 달라고 한 거야. 사람들이 이상하게 생각했는데 아버지는 그래도 시키는 대로 하자고 했거든, 그런데 오늘 그게 다 까발려진 거야. 아버지는 엄청 욕먹고 대책 위원회에서 쫓겨났다."

비로소 아버지의 절망이 이해가 갔다. 안방으로 들어간 아버지가 장롱 옆에 쌓아 둔 옥돌장판 매트를 내동댕이치는 소리가 들렸다. 어머니가 퉁퉁 부은 눈을 감은 채 힘없이 말했다.

"내가 나쁜 뜻으로 한 게 아니니까 한 번만 봐 달라고 손이 발이 되도록 빌었지만 악밖에 안 남은 사람들이 어디 듣겠니? 그나마 한통속으로 몰리지는 않아서 다행이지."

어머니의 얘기를 들은 형진은 굳게 닫힌 안방 문을 바라봤다. 절망과 배신감에 지친 아버지가 좀비로 변해서 뛰쳐나오지 않을까 하는 상상을 하면서 말이다. 어머니가 노곤한 목소리로 말을 이어 갔다.

"내일부터는 어디 가서 풀빵이라도 팔아야겠다. 여름 되면 집 주인이 전세값 올려 달라고 할 텐데, 이러다 정말 길거리에 나앉게 생겼어."

어머니의 신세 한탄이 이어질 기미를 보이자 형진은 얼른 방으로 들어왔다. 짜증이 왈칵 난 형진은 문득 아까 낮에 받았던 명함이 떠올랐다. 아까 벗어 놓은 바지에서 꺼낸 명함을 물끄러미 바라보던 그는 휴대폰을 집어 들고 번호를 누른 다음 문자를 보냈다.

  - 안녕하세요. 아까 낮에 명함 받은 학생입니다.

전송 버튼을 누른 다음 괜한 짓을 한 게 아닌가 하는 후회가 밀려왔다. 하지만 생각보다 빨리 답장이 오는 바람에 깜짝 놀라고 말았다.

  - 연락 기다리고 있었다. 세상을 구할 준비는 되었니?

유치찬란하다는 생각에 피식 웃음이 났지만 그것도 나쁘지 않다고 생각한 형진은 답 문자를 보냈다.

  - 우리 집안도 못 구할 거 같은데요?
  - 지금은 작은 일에 신경 쓸 때가 아니다. 이번 주 토요일 오후 4시에 상수동에 있는 '상아의 꿈'이라는 카페로 와. 소개해 줄 사람들이 있다.
  - 좀비를 좋아하는 사람들인가요?
  - 좋아하기도 하고 싫어하기도 하지. ^^

혹시 다단계가 아닌가 하는 의심이 들었지만 멀쩡한 작가가 그럴 것 같지는 않고 어차피 갖다 바칠 돈도 없었기 때문에 일단 만나

보기로 했다. 무엇보다 좀비를 좋아하는 사람들이 어떤 사람들일지 무척 궁금했다. 알겠다는 답 문자를 날린 형진은 컴퓨터를 끄고 침대에 누웠다.

토요일이 되자 며칠째 술만 마시던 아버지가 아침 일찍 어디론가 나가 버렸다. 말없이 울기만 하던 어머니도 보이지 않았다. 부엌의 싱크대에는 부모님이 먹었던 것으로 보이는 빈 컵라면 두 개가 덩그러니 놓여 있었다. 이제 찬장에는 더 이상 컵라면이 남아 있지 않았다. 깊게 한숨을 쉰 형진은 냉장고를 뒤져서 아버지 술안주로 사다 놓은 소시지와 어머니가 해장용으로 가져다 놓은 말린 북어를 씹어 먹었다. 어느 정도 배를 채우고 나갈 준비를 하는데 초인종이 울렸다. 위층에 사는 집주인 할머니였다. 형진이 문을 열어 주자 할머니가 물었다.

"부모님은?"

"두 분 다 나가셨어요."

"아직도 해결 안 됐대?"

혀를 찬 할머니의 물음에 형진은 무덤덤하게 대답했다.

"저는 잘 모르겠어요."

"어머니 들어오면 나 좀 보자고 해라. 알았지."

"네."

짧게 대답한 형진은 돌아서는 주인 할머니에게 꾸벅 인사를 하고는 문을 닫았다. 시간을 확인한 형진은 서둘러 씻고 밖으로 나왔다. 다행히 교통카드에는 아직 돈이 남아 있어서 상수역까지는 갔다 올 수 있을 것 같았다. 5월 초라 따뜻한 날씨였지만 추위를 느낀 형진은 옷깃을 단단히 여몄다. 약속 장소인 상아의 꿈은 상수역에서 내려서 골목을 깊숙이 들어가야만 했다. 아무 생각없이 걸어가는데 골목길 앞에서 누군가 소리쳤다.

"여기야!"

고개를 들자 한 무리의 남녀들 사이에서 작가가 손을 든 게 보였다. 작가가 외치자 일행들이 모두 돌아봤다. 일행은 작가를 포함해서 남자 셋에 여자 둘이었다. 30대 중반의 작가를 제외하고는 다들 20대 초중반으로 보였다. 아무리 봐도 지구를 구할 것처럼 보이지 않는 그들의 낯선 시선에 형진이 낯설어하자 작가가 서둘러 분위기를 정리했다.

"지난번에 얘기한 친구야. 일단 소개는 카페로 올라가서 하자."

작가의 시선은 자연스럽게 위로 향했다. 좁고 어두침침한 골목길 끝에 상아의 꿈이라는 간판이 보였다. 한 사람이 겨우 올라갈 만한 좁은 계단을 올라 유리문을 열자 카페가 보였다. 입구 근처에 있는 카운터에는 뚱뚱하고 키가 작은 바리스타가 앉아 있었다. 신경질적인 표정으로 노트북의 모니터를 들여다보던 그는 들어선 일행을 보고는 꾸벅 인사를 했다.

"어서 오세요."

작가는 카운터 곁을 지나면서 낮은 목소리로 말했다.

"아메리카노 세 잔이요."

작가 일행은 자주 이용했는지 안쪽에 있는 화장실 옆 긴 테이블을 차지했다. 주저하던 형진은 작가 왼쪽 빈자리에 조심스럽게 앉았다. 자리를 잡고 앉은 일행은 각자 가져온 가방에서 종이 뭉치와 노트북을 꺼내서 테이블 위에 올려놨다. 그 사이 형진은 일행들을 주의 깊게 살폈다. 작가 맞은편에는 대학교 과잠을 입은 비쩍 마른 20대 초반의 남자가 앉았고, 왼쪽에는 짧은 커트 머리에 축 늘어진 티셔츠와 점퍼를 입은 20대 중반의 여자가 있었다. 과잠을 입은 남자의 오른쪽에 앉은 여자는 길쭉한 얼굴에 긴 생머리, 어두침침한 옷을 입어서 마녀처럼 보였다. 가장 나이가 어린 건 작가의 오른쪽에 앉은 남자였다. 10대 후반으로 보이는 그는 붉은색과 검정색이 교차하는 체크무늬 셔츠를 입고 있었다. 작가를 포함해서 다들 세상에 불만이 많은 것 같은 얼굴들이었다.

고개를 들고 입을 열려고 하던 작가는 바리스타가 커피를 들고 오는 걸 보고는 입을 다물었다. 종이 뭉치들이 지저분하게 널려 있는 테이블 위에 커피 잔을 내려놓은 바리스타가 긴장한 목소리로 말했다.

"죄송한데 다른 손님들이 항의를 하셔서요. 조금만 조용히 해 주시겠습니까?"

"알았어요."

작가는 마치 그런 말이 나오리라는 것을 알고 있다는 듯 바로 대답했다. 말문이 막힌 바리스타는 쟁반을 옆구리에 끼고는 돌아섰다. 커피가 왔지만 다들 거들떠도 보지 않은 가운데 가방에서 나머지 종이 뭉치를 꺼낸 작가가 본격적으로 입을 열었다.

"자, 지난번에 어디까지 했지?

작가의 물음에 대답한 것은 맞은편에 앉아 있던 과잠이었다.

"매뉴얼 제작 원칙 얘기하다가 끝났어."

"그렇지? 일단 매뉴얼 제작 원칙에 대해서 얘기를 나눠야 그 다음이 진행될 거 같아."

과잠의 얘기에 수긍한 작가가 일행을 쭉 둘러보다가 형진과 눈이 마주쳤다. 그때서야 존재를 떠올린 듯 말을 꺼냈다.

"참, 이쪽은 지난번에 내가 학교 강의 갔다가 만난 좀비 덕후야. 네가 직접 소개해라."

갑작스러운 얘기에 당황한 형진은 기어들어 가는 목소리로 말했다.

"아, 안녕하세요. 원창 중학교 3학년 이형진입니다. 조, 좀비를 좋아하는데 작가님 소개로 왔습니다. 자, 잘 부탁드립니다."

그래도 한 두 명은 박수를 쳐 줄 줄 알았는데 아무도 반응이 없었다. 싸늘한 반응만 흘러나오는 와중에 마녀가 작가를 바라봤다.

"꼬맹이를 데리고 오면 어떡해요? 가뜩이나 매뉴얼 만든다고 머리 아픈데."

커트머리 여자도 동조하는 표정으로 고개를 끄덕거리자 작가가 어깨를 으쓱했다.

"새너제이 사건을 알고 있었다고 했잖아. 어둠의 동맹자들 덕분에 우리나라에서는 뉴스조차 안 나왔던 사건이야."

"알고 있는 건지 놀라서 반응을 보인건지는 모르잖아."

과잠의 반박에 작가는 형진을 바라봤다.

"얼굴 물어뜯긴 사람 이름이 뭐였지?"

"조 홀튼이요. 나이는 49세. 알콜 중독 증상을 가진 노숙자였습니다."

"공격한 사람은?"

"마이클 매서니요. 나이는 28세. 마약 중독자이자 중개상이었어요."

형진이 매끄럽게 대답하자 다들 감탄하는 빛이었지만 잠자코 있던 체크무늬 셔츠가 불쑥 끼어들었다.

"그거야 우연찮게 뉴스를 봤을 수도 있죠. 유튜브에서는 검색이 되니까요. 워치스가 되기 위해서는 테스트를 통과해야 합니다."

워치스가 뭐냐고 물어보고 싶었지만 그럴 분위기가 아니었다. 토요일 오후의 카페는 분위기가 축 늘어져 있었는데 여기만 열기가 후끈 달아올라 있었다. 물론 형진 입장에서는 어디서도 듣거나 얘기할 수 없었던 좀비 얘기를 실컷 할 수 있어서 더할 나위 없이 좋았지만 말이다. 잠시 어색해졌던 분위기를 깨고 마녀가 먼저 물었다.

"마이애미 좀비 사건이 뭔 줄 아니?"

"2012년 5월 미국 마이애미에서 31세의 루디 유진이 60대 노숙자의 안면을 물어뜯었다가 출동한 경찰의 총에 맞고 사망한 사건입니다. 작년 새너제이 사건 이전에 유일하게 확인된 좀비 공격 사건이죠."

"당시 루디 유진이 마약에 취해 있어서 한 행동이라는데?"

"아뇨. 부검 결과 대마초밖에는 검출되지 않았어요."

형진이 단호하게 얘기하자 마녀는 더 이상 묻지 않았다. 그 모습을 본 작가가 어깨를 으쓱거렸다.

"내가 말했지. 새로운 뉴 페이스가 될 거라고."

다들 동의한다는 눈빛을 보이자 작가가 종이 뭉치를 건넸다.

"우리가 하는 일이다."

"좀비 생존 매뉴얼?"

"우리는 좀비들이 나타나는 것을 감시하고 비상사태를 대비하는 프리덤 워치 한국 지부 요원들이다."

"프리덤 워치요? 유튜브에서 좀비의 진실이라는 영상에서 나온 그거요? 장난인 줄 알았는데…"

"장난처럼 보여야 한다. 그래서 우리도 이렇게 번개 모임처럼 만나고 있어."

"왜요?"

형진의 물음에 대답한 건 과잠이었다.

"어둠의 동맹 때문에."

"그건 또 뭔데요?"

"좀비들이 존재하지 않는다고 속이는 집단. 진짜 정체는 아무도 몰라. 프리메이슨이라고도 하고, 오푸스라고 하지. 아니면 성당 기사단."

"그들은 왜 좀비의 존재를 감추는 거죠? 어차피 나타나면 다 피해를 입잖아요."

"그 전까지 권력을 누리기 위해서지. 만약 좀비들이 실제로 존재했었고, 언제 나타날지 모른다고 하면 기존의 국가 권력들은 무력해질 수밖에 없어. 그걸 감추기 위해서 좀비들을 웃기거나 혹은 인간과 연애할 수 있는 존재로 비추는 영화들을 만들었어."

"《좀비랜드》랑《웜 바디스》."

형진이 영화 제목을 중얼거리자 작가가 고개를 끄덕거렸다.

"《월드 워 Z》나《부산행》같은 영화 때문에 좀비를 아는 사람들은 많아졌지. 하지만 좀비가 진짜 존재한다고 믿는 사람들은 반대로 줄어들고 있다. 정보를 자주 노출함으로서 오히려 진실을 감춰버리는 거지."

"그럼 부산행을 만든 연상호 감독도…."

작가는 형진의 물음이 채 끝나기도 전에 대답했다.

"좀비 불신론자야. 진짜 좀비가 있다고 믿었으면 그렇게 영화를 만들지는 않았을 거다. 어쨌든 한반도는 좀비 위험지대야. 왜 그런 줄 아니?"

형진이 고개를 젓자 작가가 입을 열었다.

"땅은 좁은데 인구는 많아. 그래서 도시화가 많이 진행되어서 인구가 밀집된 상태니까, 거기다 삼면은 바다고 북쪽은 휴전선으로 막혀 있으니 도망칠 곳도 없잖아."

"마, 맞아요."

저도 모르게 이야기에 빠져든 형진이 고개를 끄덕거리자 작가가 아까 보여 준 좀비 생존 매뉴얼 위에 손을 얹었다.

"그래서 서둘러서 이걸 만들어야 한다. 그래야 좀비 아포칼립스 상황이 터졌을 때 한 명이라도 더 살릴 수 있거든."

"그럼 이건 좀비들이 나타났을 때 취하는 행동 요령 같은 건가요?"

형진이 호기심 어린 눈길로 좀비 생존 매뉴얼을 내려다보면서 묻자 작가를 비롯해서 다들 약속이나 한 듯 고개를 끄덕거렸다. 생각지도 못한 얘기를 들은 형진은 입을 다물지 못했다.

"우와!"

"일단 비밀 엄수가 우선이다. 완성되어서 본부의 승인을 받을 때까지는 절대 비밀로 해야 해."

"엠창!"

기분이 좋아진 형진은 저도 모르게 큰 소리로 외쳤다. 어른들이 그 얘기를 싫어한다는 걸 기억한 형진은 아차 싶었지만 다들 별다른 반응은 보이지 않았다. 작가가 가방에서 꺼낸 형광색 포스트잇에 글씨를 적었다.

"어차피 학교 부분도 넣어야 했거든. 내가 얘기해 준 걸 조사해 줄 수 있겠니?"

"네."

기분이 좋아진 형진이 큰 목소리로 대답하자 카운터에서 노트북을 들여다보던 뚱땡이 바리스타가 찡그린 표정으로 바라봤다. 미친 사람들 같았지만 어쨌든 상관없었다. 집안도 그렇고 학교도 짜증나는 일뿐이었는데 좋아하는 좀비 얘기를 실컷 할 수 있었기 때문이다. 작가가 진지한 목소리로 질문을 했다.

"니네 학교에 보안관 있니?"

"학교 보안관이요? 있어요."

"친해?"

학교 보안관은 민준이의 괴롭힘을 모면하기 위해서 몇 번 찾아가 봤지만 도와주지 못하겠다는 얘기만 녹음기처럼 반복했었다. 누가 찾아가도 비슷한 얘기만 해서 아예 별명이 녹음기가 되어 버렸다. 살짝 얼굴을 찡그린 형진이 대답했다.

"그다지 가깝지는 않지만 친해지도록 노력해 볼게요."

"일단 친해지면 다음과 같은 질문을 해서 답변을 받아 줘. 우선 외부에서 대규모 침입이 있으면 거기에 대응하는 방식이 있는지."

"좀비가 학교로 쳐들어오면 막는 방법을 물으라는 거죠?"

"아니, 좀비라고 얘기하면 안 돼. 혹시 그 보안관이 어둠의 동맹자일지도 모르잖아."

"알겠어요."

당장 수긍한 형진이 고개를 끄덕거리자 작가가 글씨가 적힌 포스트잇을 건네줬다.

"그리고 비상사태가 벌어지면 학교 안에 대피할 수 있는 공간이 있는지, 그런 곳이 있다면 대피 우선순위가 누구인지도 알아봐 줘."

"네."

"마지막으로 친한 선생이 있으면 비상대피 요령이나 절차 같은 게 있는지도 물어보고."

내용이 적힌 포스트잇을 넘겨받은 형진이 대답했다.

"담탱이한테 물어볼게요."

"첫째도 신중, 둘째도 신중이다. 프리덤 워치의 일은 아무도 몰라야 해. 부모나 형제도 마찬가지야."

하마터면 이번에도 엠창이라고 할 뻔했던 형진은 가까스로 대답을 바꿨다.

"맹세할게요."

"우리끼리 맹세할 때는 이렇게 한다. 따라 해 봐."

작가는 오른손을 머리 위로 번쩍 치켜든 채 나지막하게 외쳤다.

"프리덤 워치여! 영원하라!"

최대한 낮은 목소리로 했다지만 앉아서 얘기하는 카페 안에서는 눈에 띌 만한 행동이었다. 창가에 앉은 커플이 이쪽을 바라보고 웃는 게 보였다. 손을 내린 작가가 말했다.

"내친 김에 우리들끼리 확인할 수 있는 암호도 알려 주마. 잘 들어."

바짝 몸을 낮춘 형진에게 작가가 암호를 들려주었다.

"먼저 한쪽이 이렇게 물어보는 거야. 당신은 무엇을 감시 중입니까라고."

"그럼 좀비를 감시 중이라고 대답하면 되는 건가요?"

"아니지. 그럼 상대방이 어둠의 동맹이면 곧바로 정체가 발각되는 거야. 그때는 어둠을 감시 중이라고 대답하는 거야."

"어둠을 감시한다고요?"

"그래. 그럼 같은 워치스인지 확인이 되는 거야."

"우와!"

형진이 감탄사를 날리자 작가는 우쭐한 표정으로 의자의 등받이에 몸을 기댔다.

"이제 우리 조직에 대해서 대충 알겠지?"

"네."

"우리는 2주에 한 번씩 여기서 모인다. 다음번 모임 때까지 내가 물은 내용을 알아 와."

녹음기와 친해지고 담탱이에게 그런 걸 물어보기에는 2주라는 시간은 좀 짧아 보였다. 하지만 일단 알겠다고 자신 있게 대답했다.

"걱정 마세요."

"그 부분만 추가하면 매뉴얼은 대충 완성될 거야."

작가가 자부심 넘치는 표정으로 말하자 다들 고개를 끄덕거렸다. 형진은 좀비를 좋아하는 단계를 넘어서 실제로 존재한다고 믿는 사람들을 처음 봤다. 하지만 세상없이 진지한 그들의 모습을 보면서 묘한 동질감을 느꼈다. 어른들은, 그리고 세상은 뭔가에 푹 빠져 있는 것을 용납하지 않았다. 그래서 늘 미친놈 취급을 당하곤 했다. 하지만 이 사람들 틈에 끼어 있으면 최소한 미쳤다는 욕을 먹을 거 같지는 않았다. 기분이 좋아진 형진이 중얼거렸다.

"어서 좀비가 나타났으면 좋겠어요."

"왜?"

표정이 굳어진 작가가 물었다.

"그래야 생존 매뉴얼을 써먹잖아요. 거기다 좀비가 없다고 했던 사람들 코도 납작하게 해 주고요."

기분이 좋아진 형진이 키득거리자 다들 따라서 웃었다. 작가는 할 얘기가 끝났다는 듯 가방을 챙겼다. 그러면서 좀비 생존 매뉴얼을 형진에게 건넸다.

"아직 미완성이긴 하지만 프리덤 워치라면 하나쯤 가지고 있어야지. 가져가서 잘 읽고 숙지해."

"네."

"세상은 우리 같이 미친놈들 손에 구원받는 거야. 좀비를 직접 보고 나서야 우리들의 말이 진실이라는 것을 믿겠지. 오늘 모임은 여기까지."

작가의 얘기가 끝나자 다들 짐을 챙기는 분위기였다. 다만 아까부터 말이 없던 커트머리만 심각한 표정으로 스마트 폰을 들여다보는 중이었다. 가방을 챙긴 작가가 물었다.

"뭐 해?"

커트머리는 대답 대신 스마트 폰 화면을 작가에게 보여 줬다. 서울 근교에서 발생한 인수공통 전염병이 빠르게 퍼지고 있다는 뉴스 속보였다. 붉은색 원피스 차림의 여자 아나운서는 군과 경찰, 그리고 주한미군의 협조를 얻어서 해당 지역을 철저하게 통제 중이라고 덧붙였다. 뉴스 화면은 위생복을 입은 사람들이 소독을 하는 장면과 선글라스를 낀 주한 미군이 인터뷰하는 장면으로 넘어갔다. 스마트 폰을 내려놓은 커트머리가 작가에게 말했다.

"위험도를 격상시켜야 하는 거 아닐까요?"

"일단 지켜보자. 각자 뉴스 보면서 이상 징후 있으면 연락하는 거 잊지 말고."

작가를 시작으로 프리덤 워치 회원들이 줄줄이 카페를 빠져나갔다. 형진은 그들을 따라 나왔지만 순식간에 흩어졌는지 보이지 않았다. 배가 고팠지만 떡볶이 사 먹을 돈도 없었다. 주머니에 두 손을 찔러 넣은 채 골목길을 빠져나가던 형진은 머리 위에서 들리는 낯선 소리에 발걸음을 멈췄다. 고개를 들자 헬기가 아주 낮고 빠르게 화창한 하늘을 가로질러 가는 게 보였다. 시내 방향으로 날아가는 것 같았는데 마치 음주 운전 중인 자동차처럼 비틀거렸다. 금방 사라져 버렸기 때문에 흥미를 잃은 형진은 지하철역으로 향했다. 카드를 찍고 승강장으로 내려간 다음 때맞춰 들어온 형진은 출입문에 기댄 채 스마트 폰을 들여다본 커플의 얘기를 들을 수 있었다. 남자가 심각한 표정으로 말했다.

"주한미군 헬기가 왜 뜬금없이 종로에 떨어졌을까?"

그러자 어깨를 바짝 붙인 채 화면을 들여다보던 여자가 물었다.

"앰뷸런스에 실려 가던 미군 말이야. 어떻게 온몸이 그렇게 타 버렸는데도 멀쩡한 것처럼 움직였지?"

"그러게. 내가 맹장으로 병원에 입원했을 때 화상환자를 본 적 있거든. 진짜 숨만 겨우 쉬는 정도였는데 말이야."

"신기해. 마치…."

잠시 말을 멈춘 여자가 장난스럽게 눈동자를 굴렸다. 형진은 그녀가 할 말을 알아차리고 재빨리 중얼거렸다.

"좀비 같아."

몸을 돌린 형진은 헬기가 사라진 방향을 바라봤다. 어둑해지는 세상 너머로 좀비들의 울부짖음이 들리는 듯했다.

    주인공 형진은 좀비를 무서워하면서도 좋아합니다. 그 안에서 괴롭힘을 당하고 바보 취급을 받는 자신을 발견했기 때문입니다. 오늘날 좀비가 사람들에게 사랑받는 이유도 비슷합니다. 퀭한 눈과, 타인에 대한 증오심, 무시무시한 탐욕으로 무장한 좀비에게서 자신의 처지를 떠올린 것이죠. 그래서 저는 좀비가 우리와 다르지 않다고 믿습니다. 그렇기 때문에 앞으로 좀비는 더욱 사랑을 받을 수밖에 없다고 믿습니다. 좀비와 인간과 서로 공통점들이 많으니까요. 형진의 앞에 나타난 새로운 세상에 관한 이야기는 더 이어질 예정입니다. 형진과 함께 좀비를 만날 준비가 되어 있나요?

퍼니랜드

김혜정

한눈팔지 말고 곧장 집으로 가서 공부해라. 담임의 종례가 끝나
자 아이들이 앞 다투어 교실 문을 나섰다. 여느 때 같으면 학생들
의 귀가를 살필 선생들이 모두 회의실로 몰려갔다. 시험을 앞두고
우리를 더 닦달하려는 거겠지. 규호는 서둘러 교문 밖으로 나왔다.
한낮의 태양 아래서 자유를 누리고 싶었다. 문화의 날, 한 달에 한
번 이른 귀가가 허용되었다. 게다가 주말을 합해 나흘간 단기 방학
이 이어졌다. 이럴 때라도 빨리 학교를 벗어나지 않으면 영영 떠나
고 싶은 충동에 휘말릴 것 같았다. 이렇게 태양을 머리에 인 채 거
리를 활보하는 것만으로도 어느 정도는 그걸 막을 수 있었다. 문화
의 날에 걸맞게 영화관에 가거나 운동이라도 하면 좋겠지만 아무
도 그런 데에 관심이 없었다. 교문을 나서면 곧장 과외를 받으러 가
거나 학원에 가기 바빴다.

대로를 벗어나며 규호는 학교를 힐끗 돌아보았다. 학교의 건물은

신도시의 연구단지 개발 사업에 맞춰 세워진 학교답게 최첨단 설계로 건축되었다. 거대한 유리벽만 없어도 그럭저럭 세련된 분위기만 연출했을 거였다. 그런데 유리벽으로 인해 건물 안에 들어서면 감시받는 느낌이 들었다. 교정의 조경은 너무 잘되어 있어 오히려 인공적으로 보였다. 시내의 어느 학교도 이 학교의 교육과정을 따라갈 수 없었다. 학급 석차 5위 이내만이 입학 자격이 주어지는 학교, 규호도 중학교 때까지는 그 안에 들었다. 엄마가 짜 놓은 스케줄에 따라 움직인 결과였다. 하지만 고등학교에 입학한 뒤 계속 내리막길을 걸었다. 이제 더 이상 예전의 성적을 쳐다볼 수 없었다. 대학은 그림의 떡으로 물러났고 여전히 무엇을 해야 하는지 깜깜했다.

도심으로 진입하자 어지러운 상가들이 즐비하고 인파로 북적거렸다. 규호는 가슴이 뻐근할 정도의 해방감을 느꼈다.

지난 한 달은 지옥이었다. 과목별 수행평가가 몰려 고행평가 수준이었다. 이번에는 조별로 영상을 제작해서 발표하는 게 대세였다. 스토리텔링과 정보 수집은 물론, 영상 제작, 전달력과 유머 요소까지 가미되었다. 문제는 조원들이 서로에게 순위를 매기는 방식이었다. 선생님도 할 수 없는 평가를 학생더러 하라니. 주관적 시선과 친밀감의 정도에서 그 누구도 자유롭지 못했다. 규호는 학교를 그만두고 싶은 병이 또 도지겠구나 싶었다. 답답할 때면 습관처럼 따라오는 일종의 슬럼프였다.

길 건너편에 다민이가 걸어가는 것이 보였다. 화장실에서 바꿔

입고 나왔는지 트레이닝복 바람에 털로 짠 모자를 쓴 채였다. 5월 이라지만 한여름 날씨를 웃도는 기온이 연일 계속되었다. 그 모자 때문에 다민이는 인파 속에서도 쉬이 눈에 띄었다. 요즘에는 잘 쓰지 않는, 누군가가 털실로 짜 준 것으로 보이는 모자였다. 그런 걸 쓰고 나오다니 '다다'다웠다. 평소에는 말이 없다가 미술시간에 다다이즘이 어쩌고 한바탕 장광설을 늘어놓은 터에 단번에 '다다'라는 별명이 붙었다. 다다는 좋은 별명이었지만 성을 붙이면 문제였다. '조다다'. 쪼다로 불리는 건 너무 자연스러웠다. 쪼다, 라는 단어가 다다 때문에 생겨난 것처럼 여겨질 정도였다. 기분이 나쁠 법도한데 정작 본인은 그런 것에 전혀 신경 쓰지 않는 듯 보였다. 방과후나 주말에 유흥가에서 낱장 광고를 돌린다느니 편의점에서 아르바이트를 한다느니, PC방에 죽치고 있다느니 소문이 무성했다. 학교에서는 늘 있는 듯 없는 듯 조용히 이어폰을 낀 채 자리를 지켰다. 그래서 더욱 시선을 끄는 아이. 어쨌거나 이 학교와는 어울리는 조합이 아니었다. 그런데 이번 과학 수행 과제인 아인슈타인의 '상대성 원리'의 영상 제작에서 숨은 기량을 발휘했다. 단순한 과학이 아니라 일상 속의 혁명이 주제야. 기대해도 돼. 참신한 아이디어에 무엇보다 영상과 음악의 조화로운 구성에는 모두 입이 딱 벌어졌다. 마지막 자막이 지나갈 때 규호는 가슴이 먹먹했다. '내가 너에게 가는 것은 오로지 내 마음일 뿐이야. 너는 나를 거부할 수도 있겠지.'

다다는 고개를 떨어뜨린 채 머리를 약간씩 흔들면서 걸었다. 음악에 맞춰 걷기라도 하는 듯 발걸음이 경쾌했다. 규호는 보폭을 크게 하고 걸음에 속도를 냈지만 좀체 다다와 거리가 좁혀지지 않았다. 이름을 불렀는데 듣지 못한 다다가 멀어져 간 것은 한순간이었다. 멀리 다다의 모자 위로 햇살이 쏟아졌다.

뭐 처음부터 다다를 따라갈 생각은 아니었지. 규호는 교문을 나설 때 퍼니랜드에나 들러 볼까 했던 것을 잊고 있었다는 걸 깨달았다. 퍼니랜드는 반대 방향이었다. 언젠가부터 친구들과 시시덕거리며 어울려 다니기보다는 퍼니랜드 쪽이 편했다.

퍼니랜드 근처 거리 공연장에서는 공연이 한창이었다. 이 거리의 터줏대감들이 꽤 있었다. 뮤지션별로 악기와 춤, 비트박스로 세분화된 연주가 관객의 에드리브를 이끌어 냈다. 신문지를 깔고 앉아 환호를 보내는 관객들은 또 하나의 연주자였다. 저들의 에너지는 어디서 나오는 걸까. 규호는 공연장을 힐끗 쳐다보고 곧장 퍼니랜드로 향했다. 민제가 공연장 근처를 막 벗어나고 있었다. 쟤가 여긴 웬일이지? 근처 학원에 다니나?

민제는 키가 껑충하고 여자애들 못지않게 흰 피부에 이목구비의 선이 고왔다. 패션피플로 통하는 만큼 티셔츠 하나도 평범하지 않았다. 남방의 앞부분을 허리춤에 살짝 집어넣고 단추도 언밸런스로 잠갔는데 떨어지는 핏이 예술이었다. 유명 상표가 붙은 네이비블루의 바지 뒷주머니에는 자수 이니셜이 박혀 있었다. 투박한 듯 각이 살아 있는 안경, 포인트는 역시 슈퍼스타 운동화였다. 한마디로 풀

코디에 그 누구도 흉내 낼 수 없는 세련미가 흘러넘쳤다. 가방이나 지갑을 비롯한 소품 하나도 명품이라나. '제국의 아들'이 민제의 별명이었다.

퍼니랜드는 만원이었다. 사격과 농구, 디디알, 자동차 게임, 코인노래방을 돌아가며 즐길 수 있었다. 규호의 관심은 오로지 인형 구출이었다. 매니저인 까치머리 청년이 규호를 힐끗 쳐다보았다. 그의 팔목에 바이올렛색 나비 타투가 도드라졌다. 남자들이 선호하는 용이나 호랑이, 해골이 아니라 나비라는 게 규호는 마음에 들었다. 그가 한 마리 나비가 되어 퍼니랜드 안을 날아다니는 상상은 그야말로 퍼니 했다.

"또 왔냐? 출석률 좋네. 줄 서서 기다려."

반말도 그렇지만 말투가 귀에 거슬렸다. 왜 반말이냐고 따지고 싶었다. 하지만 공연한 일에 시간과 에너지를 소모하고 싶지 않았다. 애인과 헤어졌거나 진상 손님과 실랑이를 해서 짜증이 났을 수도 있겠지.

초등학생 대여섯 명이 우르르 몰려들어 와 여기저기 기웃거리며 떠들었다. 전에도 몇 번 본 아이들이었다. 나비 타투가 그들에게 조용히 기다리라고 주의를 주었다.

이렇게 줄까지 서서 하는 일이 인형 뽑기라면 누군가는 비웃겠지. 하지만 줄을 서는 동안만은 그 일이 아주 값진 것처럼 여겨졌다. 인형은 뽑는 것이 아니라 구출하는 거라는 생각에 도달하면 자존감마저 살아났다.

고등학교에 입학한 뒤 첫 번째 지필고사 마지막 날이었다. 공부를 한다고 했는데도 성적이 곤두박질쳤다. 다음 시험을 아무리 잘 보아도 만회하기 어려울 정도였다. 정신이 번쩍 드는 것과 동시에 회의가 찾아왔다. 이렇게 삼 년을 지내느니 차라리 학교를 그만두고 검정고시를 칠까. 그런 생각을 하며 한낮의 태양 아래서 이리저리 배회하다가 퍼니랜드를 발견했다.

규호는 곧장 동전 교환 박스를 향해 갔다. 거기에도 줄이 길었다. 오늘은 기필코 인형을 구출해야지. 물론, 매번 그랬다가도 막상 유리 상자 앞에 서면 손이 말을 듣지 않았다. 결국 공치는 날이 허다했다. 어떤 날은 한 달 용돈을 거의 털리기도 했다. 덕분에 퍼니랜드의 기계들을 거의 섭렵했다. 물론, 섭렵하는 것과 인형 구출 사이에는 상관관계가 없었다. 그렇다고 소소한 곳에 돈을 탕진하는 재미, 일명 탕진잼에 빠진 것도 아니었다. 홀 안의 인형들을 스캔했다. 주디, 러버덕, 앵그리버드, 올라프, 브라우니, 핑크팬더, 미니언, 도라에몽, 보노보노… 모두 어떤 이야기의 주인공들이고 저마다의 개성을 가진 인형들이었다. 한 시대를 풍미하는 캐릭터들이라고 생각하면 녀석들에 대한 존중감마저 생겼다. 아니, 유리 상자 안의 인형들이 거대한 유리벽으로 둘러싸인 학교 건물 안의 아이들과 겹쳐졌다. 구출 욕구가 강해지는 지점이었다.

피부가 하얗고 뚱뚱한 짝은 '지방이', 다민이는 갈기 없는 수사자 '라이언', 조장은 생각보다 말이 앞서는 깐족 새 '척', 반에서 가장 키가 작아 맨 앞자리에 앉은 친구는 '부르부르 도그', 민제는 질투의 대상인 '리락쿠마', 화가 나면 참지 못하는 담임은 분노 새 '레드'. 자신은 겁이 많고 소심한 오리 '튜브'….

일 층보다는 지하의 기계들이 더 난해했지만 규호는 늘 그렇듯 지하로 내려갔다. 지하가 주는 아늑함 때문이었다. 어떤 인형을 구출할지 갈등이 되었다. 너무 큰 것은 피하는 게 좋았다. 물론, 너무 작은 것도 금물이었다. 이런 암묵의 규칙 때문에 무난한 인형을 선택할 필요가 있었다. 최신형이 아니면서 적당한 크기의 인형이라면 단연 '초파'였다. 만화 '원피스'에 나오는 인물로 언제 보아도 매력적인 캐릭터였다. 하지만 초파 앞은 초등학생들이 벌써 차지하고 있었다. 규호보다 늦게 들어왔는데도 행동이 잽쌌다. 대책 없어 보이지만 그들만의 고유한 생기가 있었다. 규호는 그들 옆으로 슬쩍 다가갔다.

"아싸, 걸렸다."

"와! 대박!"

"야, 조용, 조용히 해."

키는 작은데 몸이 다부져 보이는 아이가 초파 앞에서 토네이도 킥을 쓰고 있었다. 집게를 흔들어 인형을 떨어뜨리는 기술이 장난이 아니었다. 같이 온 아이들이 큰 소리로 응원했다. 드디어 한 녀석이 구출되자 환호가 쏟아졌다. 인형을 구출한 아이가 덩치 큰 아이에게 초파를 넘겼다. 그리고 둘 사이에 돈이 오갔다. 벌써 돈맛을 알아 가지고. 쩝! 아이들이 옆자리로 우르르 몰려갔다. 규호는 얼른 초파 앞으로 다가가 섰다. 초파의 파란색 코가 오늘따라 더 귀엽게 보였다. 여느 때보다 신중하게 초파들과 눈을 맞추었다.

"저기요, 안 할 거면 자리 좀 비켜 주실래요?"

허리를 끌어안은 커플 중 여자가 짜증 섞인 목소리로 말했다. 인형을 구출하지도 않으면서 오래 자리를 차지하고 있으면 짜증도 나겠지. 돈이 없어 보이나? 규호는 머쓱해서 얼른 뒤로 물러났다. 그들은 보기 민망할 정도의 스킨십을 해 댔다. 꼴불견은 또 있었다. 덩치가 산만 한 또래가 인형을 구출하지 못해 화가 났는지 아무 데나 침을 찍찍 뱉었다.

일 년 전까지만 해도 인형 구출을 취미로 삼을 거라고는 상상조차 못 했다. 퍼니랜드 근처에도 와 보지 않았다. 처음에는 밖에서 기웃거리기만 했는데 한 번 온 뒤로 배짱이 생겼다. 은근히 중독성이 있어서 한동안은 하루가 멀다 하고 드나들었다. 이제는 틈만 나면 들렀다. 이걸 안 했으면 뭘 했을까. 십중팔구 게임을 했겠지.

'라이언은 친구들을 잘 챙겨요.' 멘트가 흘러나왔다.

"어? 어? 어어어어?"

"야, 왜 다릴 잡아? 몸통을 잡아야지."

"아니야. 어깨를 잡아 봐."

"그래 거기! 야, 안 되면 머리를 눌러! 빨리!"

세 명이 번갈아 가며 소리쳤다. 하지만 결과는 신통치 않았다. 라이언을 향해 구애를 보냈던 여자애들의 얼굴이 상기되었다. 뭐야, 이 기계 조작 아냐? 아직도 몰랐냐, 라고 툴툴대며 자리를 떴다. 규호는 얼른 그 앞으로 다가갔다.

미주크레인은 입구의 높이에 비해 인형의 수가 적었다. 기계의 힘 설정도 차이가 크고 무엇보다 기술 사용 여부가 중요했다. '라이언'의 누운 모양으로 보아 탑을 쌓을 각이 나오지 않았다. 무모한 도전은 금물이었다. 하지만 한 번 꽂히면 유혹을 떨치기 어려웠다. 자유를 위해 왕위도 버린 자식이 기껏 유리 상자 안이라니. 동전을 넣고 정신을 집중해서 크레인을 들어올렸다. 일단 발판 위로 올린 뒤 출구에서 먼 쪽을 잡아 백팔십 도 회전! 머릿속으로는 벌써 열두 번도 더 구출했다. 그런데 기술을 써 보기도 전에 라이언이 툭 떨어졌다. 디테일을 익힌 셈이니까 이 정도도 나쁘진 않지. 규호는 다시 옆자리로 이동했다.

이십 대 노랑머리가 '스티치'를 겨냥해 굴려 뽑기에 도전 중이었다. 바퀴벌레를 모티브로 만든 실험용 외계생명체. 귀여운 것으로는 둘째가라면 서러울 녀석이었다. 발판 위로 올린 다음 집게를 돌려 몸통을 쳐서 출구로 굴려 주는 비기. 규호도 몇 번 시도한 적이 있었다. 하지만 경험으로 볼 때 몸통보다 머리가 큰 인형이나 앵그리 버드처럼 둥근 인형이 유리했다. 예상대로 크레인이 올라가 팅기는 반동에서 맥없이 떨어지고 말았다. 노랑머리는 손으로 머리카락을 한 번 쥐었다가 놓고는 다시 시도했다. 아슬아슬하게 놓치기를 반복했다. 규호는 그가 자리를 뜨기만을 기다렸다. 하지만 그는 알고 있는 기술을 다 써 볼 작정인 듯 자리를 지켰다.

여기만 오면 시간이 멈춘 것 같았다. 아니, 시간이 너무 빨리 흘러서 시간이 사라져 버린 느낌이었다. '누군가에게는 같은 시간이 누군가에게는 같지 않다'는 상대성 원리가 작용하는지도 몰랐다. 이상하게 아무것도 생각할 수 없고 생각나지도 않았다. 일종의 사고 정지 상태라고 할까. 넋이 반쯤 나가 버렸다. 하지만 인형은 머릿속에 들어와 잠시 머물 뿐 그 이상도 그 이하도 아니었다.

규호는 빈자리가 있는지 주변을 살폈다. 건너편의 한 지점에 눈길이 닿았다. 뒷모습이 낯익었다. 설마 했는데, 민제였다. 다른 아이라면 몰라도 민제를 퍼니랜드에서 보게 될 줄은 몰랐다. 게다가 민제는 거의 몰입의 경지에 빠져 있었다. 학교에서의 집중력과는 차원이 달랐다.

민제는 입학할 때부터 수석이었고 줄곧 상위권을 유지했다. 또 누구도 쉽게 근접할 수 없는 카리스마가 있었다. 빅데이터 분석가가 꿈이라는 아이답게 말도 분석적이고 논리적이었다. 수행평가에서도 늘 최고점을 받았다.

이번 과학 공동 과제에서 공교롭게도 다다와 민제, 규호가 한 조였다. 조장이 각자 뭘 할 건지 말해 보라고 했다. 난 영상 편집. 다다가 의외로 적극적으로 나왔다. 규호는 자의 반 타의 반으로 매번 들러리를 자처했다. 성적은 이미 하위권으로 밀려나 있고 특별하게 내세울 것도 잘하는 것도 없었다. 민제는 끝까지 침묵을 지키다가 그럼 난 발표나 하지 뭐, 라고 했다. 발표를, 이 아니고 발표나, 라고 함으로써 은근히 아이들의 기를 죽였다. 다다를 비롯한 조원 모두가 기획에서 영상 편집까지 일주일 동안 방과 후에 남아서 작업했는데 민제는 한 번도 남지 않았다. 그런 식으로 민제는 자기 말에 대한 책임을 졌다. 일주일이 지나서 드디어 평가의 날이 찾아왔다.

그날따라 민제의 행동이 눈에 거슬렸다. 조원들이 오랫동안 준비해 온 걸 받아 들고 조금도 미안해하지 않았다. 그 어떤 부끄러움도 없어 보였다. 오히려 겨우 이 정도야, 하는 표정이었다. 뻔뻔한 자식! 규호는 참다 못해 넌 한 게 뭐 있냐, 라고 내뱉고 말았다. 한순간에 분위기가 싸해졌다. 조원들 중 몇은 어라? 제법이네, 이참에 한판 붙어 봐라, 고 은근히 부추기는 표정이었다. 내친 김에 민제를 향해 공부만 잘하면 다야, 라고 쏘아붙였다. 막상 내뱉고 나니까 궁색하기 짝이 없었다. 민제는 끝내 대꾸하지 않았다. 그럼으로써 자존심을 지켰다. 상대적으로 규호는 지질이가 되어 버린 것 같았다. 더 기막힌 것은 아이들이 준비해 온 걸 한순간에 업그레이드하는 민제의 말주변이었다. 그게 어디 말주변일 뿐이겠는가. 누구보다 과학적 원리를 잘 파악해서 설명도 잘했다. 그거야말로 실력이라는 걸 아무도 부인하지 못했다. 물론, 하루아침에 쌓은 실력은 아닐 거였다. 그것이 민제를 2위로 매길 수 없는 이유였다. 역시 민제네, 라는 선생의 말에도 민제는 표정 하나 바뀌지 않았다. 다다를 2위로 매기면서 규호는 약간 켕겼다. 처음에는 다다를 1위로 매겼다가 마지막 순간에 순위를 바꾸었다. 순위 따위에 연연하지 않으며, 설령 꼴찌를 줘도 뒤탈이 없는 아이. 그런 아이가 있다는 건 조원들에게 행운이라 할 수 있었다. 특히 민제에게는.

다다와 민제는 같은 중학교 출신으로 한때는 둘도 없는 친구였다고 들었다. 고등학교에 올라온 뒤로도 한동안은 붙어 다녔는데 언젠가부터 소원해졌다고. 2학년에 올라와 같은 반이 되었지만 서로 데면데면했다. 친했던 만큼 한 번 멀어지고 나면 회복이 불가능한 게 친구 사이라는 걸 몸소 보여 주듯이. 처음부터 둘은 갈 길이 달랐는지도 몰랐다.

규호는 민제를 의식하지 않으려고 해도 자꾸 시선이 갔다. 결국 민제와 눈이 마주쳤다. 말을 걸기도 어색하고 모르는 척하기도 어정쩡했다. 민제가 원숭이라도 쳐다보는 것 같네, 라는 눈빛을 보내 왔다. 뭐, 네가 아니라도 여기는 온통 동물이야. 코코몽만 해도 원숭이지. 그 말이 입안에서 뱅뱅 돌았다. 누가 먼저였는지 모르게 각기 돌아섰다. 그 길로 규호는 퍼니랜드를 나섰다.

단기 방학이 끝나고 다시 일과가 시작되었다. 단기 방학 전날 선생들의 회의는 학부모 민원 건이었다. 민제에게 꼴찌를 준 아이가 있었던 것으로 알려졌다. 준비과정에 참여하지 않았으니까 한 명쯤 꼴찌를 주는 게 이상할 것도 없었다. 그런데 민제의 부모님이 득달같이 달려왔다. 결국 꼴찌를 준 아이가 사과 아닌 사과를 했고, 평가를 주도한 선생님은 경위서를 썼다. 점수는 정정했지만 그 애가 남긴 말이 압권이었다. '밧줄이 계속 내려오면 결국 구덩이 빠지게 돼 있어.' 소문은 일파만파 번졌다. 그 말을 남긴 아이가 누구인지는 굳이 따져 볼 필요도 없었다. 다다의 자리가 비어 있었다. 다다가 결석한 이유에 대해 아무도 언급하지 않았다. 관심조차 없어 보였다. 지필 평가가 시작되는 시점이었다. 시험 외에는 그 어떤 것도 중요하지 않았다. 규호는 이건 아니라는 생각이 들었지만 그렇다고 나서서 해결할 용기도 없었다. 넘을 수 없는 벽이 학교 안에 존재했다. 시험기간 내내 다다의 자리는 비어 있었다.

드디어 시험이 끝났는데 하교를 시켜 주지 않았다. 무려 세 시간 동안 창의적 재량 활동이라는 명목의, 채점과 깜지 쓰기가 이어졌다. 규호는 일찌감치 포기하고 스마트폰을 들여다보며 종례를 기다렸다. 청소 시간이 되자 담임이 다다의 책상을 복도로 뺐다. 다다가 학교를 그만두었으며, 개인적인 이유라고 일축했다. 그 말을 들은 뒤 규호는 아무것도 손에 잡히지 않았다. 퍼니랜드에 가려고 했던 것도 심드렁해졌다. 아무도 없는 데서 그저 쉬고 싶었다. 그런 곳은 집밖에 없었다.

집은 늘 텅 비어 있었다. 공무원인 엄마가 이곳 신도시로 발령난 뒤 이사를 왔다. 그리고 아빠가 떠났다. 아니, 아빠가 떠난 뒤에 이사를 왔는지도 몰랐다. 엄마의 귀가가 늦어지고 집은 넓어져서 그만큼 더 횅했다. 무엇보다 엄마의 잔소리가 없어졌다. 시간은 늘 남아돌았다. 뭘 할지 몰랐기 때문에 거의 침대 위에서 뒹굴며 지내는 시간이 늘어났다. 눈만 감으면 찾아오는 밤은 수시로 곁에 있었고 오래 곁을 떠나지 않았다. 밤을 지나 다시 밤에 존재하는 인간.

편의점 앞에서 규호는 멈춰 섰다. 웬일인지 인형 구출 기계 앞이 비어 있었다. 퍼니랜드에 비해 인형들의 매력이 적었다. 하지만 뺑뺑이가 멈춘 곳의 점수를 합해서 일정 점수가 되면 인형을 준다는 데 솔깃했다. 퍼니랜드에서 익힌 기술이면 서너 개는 충분히 구출할 수 있을 거라는 생각이 들었다. 게다가 푸우 쿠션이라니. 녀석을 베고 자면 잠이 잘 오겠지. 순간, 초등학교 삼 학년 때 같은 반이었던 여자애의 목소리가 떠올랐다.

얘는 걱정인형이야. 걱정인형? 걱정이 있을 때 이 인형한테 말하고 베개 밑에 넣어 두면 걱정이 사라져. 정말? 응. 그 애가 밤마다 그렇게 한다는 게 믿기지 않았다. 하지만 그 말을 믿지 않을 수 없게 만드는 무언가가 그 애에게 있었다. 그것이 '과테말라 인디언'으로부터 전해 오는 인형이라는 걸 중학교 때 우연히 알게 되었다. 걱정이나 공포로 잠들지 못하는 아이에게 인형을 선물하고, 인형이 걱정을 가져갔다고 믿게 하는 거였다. 우리 집에 갈래? 규호는 그 말을 거절할 이유를 찾지 못했다.

그 애 집에서의 일은 지진처럼 규호를 뒤흔들었다.

그 집의 규모는 규호네 집과는 비교도 안 될 정도로 컸다. 무엇보다 그 애의 방에는 인형이 넘쳐났다. 미미, 쥬쥬, 바비, 시드니, 리카, 제니, 그리고 이상한 이름의 구체관절 인형들…. 한마디로 인형들의 집이었다. 무엇보다 그 집의 분위기가 기묘했다. 그 애와 그 애의 엄마, 도우미라는 여자는 서로 쳐다보기만 할 뿐 거의 말을 하지 않았다. 그래서 벙어리 인형들처럼 보였다. 문제는 그 애가 인형을 보게만 하고 만지지 못하게 한 거였다. 그럼으로써 규호는 그 애의 집에 더 가고 싶었고 인형들을 만지지 못해 안달했다.

그 기억의 파편들이 저녁 어스름 속으로 흩어졌다. 지금 그 애는 어디서 무엇을 할까. 다시 볼 수는 없겠지. 그때 그 인형이 떠오르는 순간, 갑자기 푸우를 구출하고 싶은 마음이 사라졌다. 무력감이 몸을 휘감아 왔다. 집에 가서 잠이나 자자.

깜박 잠이 들었다가 깨었는데 밖이 어둑어둑했다. 규호는 가슴에 구멍이 난 느낌이었다. 아니, 가슴의 어떤 부위에서 뚝뚝 소리가 나는 것만 같았다. 불안감은 늘 그렇게 찾아와 곧 규호를 함락했다. 어두운 우리 안에 갇힌 짐승으로 전락하지 않으려면 우선 밖으로 나가야 한다는 생각이 들었다. 허둥지둥 집을 나섰다.

네온이 축축한 안개 속으로 번졌다. 규호는 멍하니 서 있다가 신호등을 두 번이나 놓쳤다. 신호등을 건너고도 한참 그 자리를 맴돌

왔다. 거리 공연장에서 음악이 흘러나왔다. 알 수 없는 무언가가 규호를 그쪽으로 이끌었다.

공연장에서는 비보이들의 공연이 한창이었다. 오늘따라 유난히 관객의 반응이 뜨거웠다. 음악이 끝났는데도 관객들의 환호가 그치지 않았다. 규호는 잠에서 깨었을 때의 불안감이 차차 사그라지는 것을 느꼈다. 그리고 자기를 여기로 이끌어 들인 것의 정체가 무엇인지 알아차렸다.

다다가 예의 그 모자를 쓴 채 맨 앞줄에 서 있었다. 아무렇게나 하고 다녀도 이상할 것이 없는 거리이고 이미 밤이 내렸는데도 다다의 모자가 눈에 띄었다. 색색으로 물들인 머리에 찢어진 바지를 입은 아이들이 다다를 에워싸고 있었다. 그들에게서 알 수 없는 열기가 뿜어져 나왔다. 한 아이는 연방 고개를 끄덕거리고 또 다른 아이는 팔다리를 흔들었다. 하나같이 경쾌한 몸짓이었다. 무엇보다 그들의 티셔츠가 땀으로 흠뻑 젖어 있었다. '사람마다 보는 시각, 관점이 다를 수 있다. 그러니 누가 뭐라고 해도 스스로 부끄럽지 않은 삶을 만들어야 한다.' 다다가 만든 영상 속의 자막이 스쳐 지나갔다. 머뭇거리고 있는 사이에 다다의 무리가 공연장을 벗어났다. 다다는 전보다 훨씬 자유로워 보였다. 가슴에 물큰한 것이 괴어 왔다. 신호등만 놓치지 않았더라면 다다의 춤을 봤을 텐데.

규호는 퍼니랜드를 향해 갔다. 저만치 민제의 모습이 보였다. 여긴 왜 또 온 거지? 학원에 가는 중인가? 아니, 학교에서 곧장 퍼니랜드로 갔던 걸까? 집에 가서 낮잠을 잔 시간이 꽤 되었다. 그 정도 시간이면 인형들을 꽤 구출했겠지. 그런데 민제의 가방에 인형이 달려 있지 않았다. 물론, 상관할 바도 아니었다. 퍼니랜드에서 마주치지 않은 것만도 다행이지.

퍼니랜드 안으로 들어서자 기계음이 쏟아져 나왔다. 템포가 빠르고 소리가 컸다. 그 음들이 규호의 가슴을 때렸다. 규호는 빠른 걸음으로 계단을 내려갔다. 인형을 고르는 일은 언제나 긴장되고, 또 그만큼 망설여졌다. 스릴이 없다면 인형을 구출하지 않을 거였다. 돈을 덜 들이고도 인형은 충분히 살 수 있었다.

몽글몽글한 코의 주인공 '무민'. 이번에는 저 녀석을 구출하자. 하지만 자이언트 캐처는 랜덤 파워에 의존율이 높았다. 게다가 랜덤 파워의 주기가 일정하지 않았다. 결과적으로 구출 확률이 낮았다. 그래서인지 무민 앞에서 줄을 서서 기다리는 사람은 많아도 막상 무민을 안고 가는 사람은 보이지 않았다. 다시 갈등이 되었다. 자리를 옮길 것인가, 말 것인가. 여러 기계를 도는 것보다는 한 기계에 집중해야 확률이 높았다. 갈등 끝에 결국 규호는 문 앞쪽의 기계 앞으로 이동했다.

이번에는 와이드와이드 클리퍼! 특유의 스릴은 물론, 크랭크형보다 인형의 퀄리티도 높았다. 동전을 넣자 행운을 잡으세요, 라는 멘트가 흘러나왔다. '리락쿠마'! 녀석은 귀와 어깨를 집중 공략하는 게 유리했다. 다음은 무게중심을 감안해서 타이트하게 잡기. 집게가 녀석을 들어올리면 반은 성공한 거였다. 구출하지 못한다고 해도 문제될 건 없지. 그런데 이게 웬일인가. 녀석이 덜컥 걸리더니 순순히 달려 올라왔다. 하필, 구출한 녀석이 민제와 닮은 인형인가 하면서도 뜻밖의 행운에 으쓱했다. 오래 전부터 인형 구출을 잘해 왔다는 생각마저 들었다. 하지만 구출 직전에 놓치고 말았다. 맥이 빠지고 기분이 급하게 가라앉았다. 이내 다른 기계들을 향해 갔다. 무력감이 덮쳐 와 자신이 더 초라해지는 것을 막기 위한 선택이었다. 여기서 나가면 갈 데가 없었다. 내가 이 세상에서 사라진다고 해도 세상은 아무 일도 없는 것처럼 유지되겠지.

꼴불견 커플이 눈에 들어왔다. 지나칠까 하다가 '라바'에 붙들렸다. 남자가 고수들이 쓰는 기술인 탑 쌓기, 풍차 돌리기, 뒤집기를 어설프게 흉내 냈다. 한 번에 번쩍 들어 올리려고 욕심을 부렸다. 스스로 잘한다고 착각하거나 여자 친구를 의식하거나 둘 중 하나겠지.

남자는 툴툴거리면서도 계속 동전을 넣었다. 다섯 번이다 더 했지만 한 녀석도 구출하지 못했다.

"뭐야? 꽝이잖아."

"꽝인 날도 있는 거지. 어떻게 맨날 건지냐?"

커플이 티격태격하며 돌아섰다. 저들에게 마음의 평화를! 규호는 돌아서서 새로운 아이템들을 스캔했다. 카카오 프렌즈 멤버인 네오와 무지 & 콘, 제이지, 튜브, 프로도. 그리고 몰랑이와 구데타마, 우사기… 쉽게 구출할 수 있는 인형은 어디에도 없었다. 무한한 노력과 동전의 투자만이 해답이었다. 인형들이 저마다의 눈으로 유혹했다. 그중에서 방금 눈 속에서 튀어나온 것처럼 보이는 '지방이'와 눈을 맞추었다.

동전을 넣자 음악이 크게 터졌다. 일단 손잡이를 당기고 버튼을 눌렀다. 집게의 이동과 하강, 상승에 집중했다. 완벽하게 구출하는 각이 나왔다. 손이 떨렸다. 신중을 기했건만 집게의 힘이 달려 들리자마자 떨어졌다. 이번에는 오기가 생겼다. 기필코 너를 구해 주마. 다시 동전을 넣고 같은 방법을 시도했다. 한 녀석을 잡아 올려 입구까지 끌어당기는 과정까지는 무리가 없었다. 드디어 구출하는구나 하는 순간, 입구로 떨어졌다. 고지가 바로 코앞인데 멈출 수는 없지. 이번에는 머리의 기울기를 가늠해서 공략했다. 걸릴 듯 말 듯 하다가 결국 떨어졌다.

이제 주머니도 헐렁했다. 하지만 후회는 되지 않았다. 어차피 이거 말고 다른 걸 하지는 않았을 테니까. 퍼니랜드가 아니면 갈 곳도 없었다.

"야, 인형을 뽑으려고 왔으면 뽑아야지. 돈 자랑 하는 것도 아니고."

나비 타투였다.

왜 남의 일에 참견이람.

"너 일부러 안 뽑는 거지? 좀 전에 충분히 뽑을 수 있었잖아. 인마!"

그 말이 뇌리를 툭 건드리더니 가슴으로 파고들었다. 이건 뭐지? 규호는 그 감정을 털어 내지 못하고 점점 빠져들었다. 동전 떨어졌냐? 내가 댈 테니까 뽑아 봐라, 라고 하며 그가 자꾸 치근댔다. 들은 척도 하지 않자 약이 오른 모양이었다. 남들은 기를 쓰고 뽑으려고 하는데도 못 뽑는데 넌 뭐냐? 잘난 척이나 하려면 오지 말라고 쏘아붙였다. 그와 엮이고 싶지 않았다. 어디로든 자리를 옮기려고 돌아서는 순간, 대각선 방향에 민제가 보였다.

규호가 그저 재미로 인형 구출을 즐기는 라이트 유저라면 민제는 인형 구출의 고수임이 분명했다. 가방에 인형들이 주렁주렁 매달려 있었다. 어떤 상장이나 매달보다 근사해 보였다. 규호는 의식하지 않으려고 했지만 자꾸 민제에게 눈길이 갔다. 이러다가 또 눈이라도 마주치면 저번처럼 심리전을 벌이겠지. 계단 쪽으로 향하는 순간, 느낌이 이상했다. 반사적으로 몸을 돌렸다.

민제가 기계에서 손을 떼고는 그 자리에 주저앉았다. 저건 또 뭐지? 하지만 선뜻 다가갈 수가 없었다. 민제의 어깨가 들썩거렸다. 규호는 자신의 눈을 의심했다. 민제의 어깨가 들썩이는 강도가 점점 세어졌다. 규호가 한 발을 떼는 순간, 민제의 등이 규호를 향해 말했다.

못 본 척하고 꺼져! 꺼지란 말이야.

언젠가도 그런 적이 있었다. 어쩌다가 지각을 했고 교문을 향해 냅다 달리고 있는데 바로 앞에서 승용차 한 대가 멈춰 섰다. 교복을 입은 아이와 중년 남자가 차례로 차에서 내렸다. 남자가 교복의 뺨을 사정없이 쳤다. 지나치려고 하는 순간, 교복과 눈이 마주쳤다. 민제였다. 꺼져, 제발 꺼져 달라고, 라고 말하는 눈빛. 차라리 보지 않았더라면 좋았을걸. 그날따라 담임은 조회에 늦게 들어왔고 지각은 체크되지 않았다. 운이 좋아도 더럽게 좋은 날이었다.

말을 걸었다가 서로 껄끄러울 수도 있지. 하지만 그냥 돌아서기도 꺼림칙했다. 한 번 결정 장애가 발동하면 걷잡을 수 없었다. 누군가 자신을 보고 있는 건 아닌가도 신경이 쓰였다. 한동안 그 자리에서 서성거렸다. 결론은 못 본 척하는 거였다. 그 길로 퍼니랜드를 나왔다.

하늘은 더 검어졌지만 거리는 네온으로 인해 한층 밝아졌다. 봄밤이란 이토록 화려하고 경쾌해야 한다고 말해 주듯이, 휴대폰을 귀에 대고 깔깔대거나 플래시를 터뜨려 사진을 찍고, 삼삼오오 짝을 지어 걸어가면서 큰 소리로 웃는 사람들…. 규호는 새삼 이 거리의 이방인이 된 기분이었다. 외로움의 무게에 짓눌려 존재가 사라지는 느낌이었다. '만지지 마.' 이번에는 여자애의 목소리가 아닌, 그 애 엄마의 목소리가 귀에 와 닿았다. 예, 만지지 않을게요. 왜 그렇게 대답했을까? 왜 만지면 안 되냐고 물어봤어야지.

어느 날인가 그 애가 화장실에 갔을 때 규호는 인형에 손을 댔

다. 아니, 손이 인형을 향해 절로 나갔다. 심장이 빠르게 뛰고 손이
떨렸다. 그때 밖에서 무슨 소리가 났다. 들고 있던 인형이 바닥으로
떨어졌다. 그 인형은 재질이 조금 특이했는데 하필, 목이 부러졌다.
그때는 인형의 목이 빠진 것과 부러진 것을 구별하지 못했다. 인형
을 옷 속에 감춘 채 그 집을 빠져나와 무작정 달렸다. 달리면서 목
이 붙기만을 바랐다. 그 인형이야말로 걱정덩어리였다. 집 앞까지
갔다가 방향을 바꾸어 집에서 약간 떨어진 공터로 갔다. 땅에 묻으
려고 보니 인형의 몸통은 보이지 않고 머리통만 남아 있었다. 눈알
마저 빠져버린 인형은 흡사 괴기 영화의 소품을 연상케 했다. 인형
의 몸통을 그 애 집에 두고 나왔는지 아니면 달려오다가 빠뜨렸는
지 알 수 없었다. 다음 날은 학교에도 가지 않았다. 아니, 아파서 갈
수가 없었다. 몸이 불덩이가 되어 악몽을 꾸었다. 그 애가 목이 잘
린 인형으로 둔갑해서 위협했다. 도둑놈! 왜 그랬니? 왜 그랬어? 어
딘가에 갇혀 열리지 않는 문을 두드리다가 잠에서 깨곤 했다. 이틀
이나 결석을 하고 학교에 갔을 때 그 애와 눈을 마주치지 못했다.
할 수 있는, 유일한 행동은 그 애를 피하는 것뿐이었다. 심지어 그
애가 눈앞에서 사라져 주기를 바랐다. 방학만 기다렸다. 하루하루
가 지옥 같은 나날이었다. 방학은 더디게 찾아왔다. 다시 개학이 오
는 것이 두려웠다. 시간이 가지 않기를 바랐다. 개학은 성큼 다가
왔다. 그런데 그 애가 보이지 않았다. 이사를 갔다고도 하고 이민을
갔다고도 했다. 언뜻 와 닿지 않았지만 그런 걸 생각할 겨를이 없었

다. 인형에 대해 털어놓지 않아도 된다는 것만이 위안이었다. 하지만 시간이 지나고 그 애를 영영 볼 수 없게 되었다는 걸 알았을 때 자신이 얼마나 어리석었는지 깨달았다. 후회도 사과도 해야 할 시기가 있었다. 때를 놓치면 소용이 없었다. 인형을 묻은 공터에 갔을 때는 이미 불도저가 땅을 뒤엎은 다음이었다. 너 때문이야! 기괴하게 일그러진 인형의 텅 빈 눈이 원망하는 소리가 들려왔다.

기계 속의 인형은 구출하려고 마음만 먹으면 얼마든지 구출할 수 있었다. 의식하지 못하는 사이에 그 일이 떠오르면서 매번 손아귀의 힘이 풀렸다. 아니, 스스로 힘을 풀어 버렸을까.

거리 공연장에서 익숙한 음악이 흘러나왔다.

사랑하는 연인들이 많군요 알 수 없는 친구들이 많아요 흩날리는 벚꽃 잎이 많군요 좋아요 봄바람 휘날리며 흩날리는 벚꽃 잎이 울려 퍼질 이 거리를 둘이 걸어요….

감미로운 멜로디가 귀에 감겼다. 이 노래를 듣고 있는 한 혼자여도 혼자가 아니라고 속삭이는 가사였다. 민제가 떠올랐다. 아니, 퍼니랜드에서 나온 뒤로 민제의 들썩이던 등이 한순간도 머리에서 떠나지 않았다. 그날 등굣길에서 마주쳤을 때 허둥대던 그 눈빛이 그랬던 것처럼.

아직 그 자리에 있을까. 규호는 퍼니랜드를 향해 걸음을 재촉했다.

민제가 있던 자리에는 여자애들 몇이 서 있었다. 집으로 돌아갔다면 다행이지. 자기 앞가림도 못 하는 주제에 잘난 자식 걱정이 다 뭐람. 계단을 올라가는데 등 뒤에서 귀에 익은 목소리가 들려왔다. 규호는 걸음을 멈추고 돌아보았다.

"이거 정말 공짜로 주는 거예요? 정말요?"

"정말 다 주는 거예요?"

초파를 뽑았던 초등학생 무리가 민제를 둘러싸고 있었다. 민제의 가방 안에서 인형들이 줄줄이 딸려 나왔다. 와, 하는 감탄사가 잇달았다. 그것도 잠깐, 인형을 손에 든 아이들이 입이 귀에 걸린 채 자리를 떠났다.

다시 혼자가 된 민제가 다시 기계 앞으로 다가갔다. 이번에는 동전도 넣지 않고 버튼에 손을 올린 채 유리 상자 안을 바라보기만 했다. 규호도 그 자리에서 꼼짝하지 않았다. 주변에서 동전을 삼킨 기계들이 연이어 빵빵 소리를 터뜨렸다. 얼마나 그러고 있었을까. 민제의 어깨가 점점 작아져서 하나의 점으로 사라져 버릴 것만 같았다. 규호는 민제를 향해 갔다.

숨 쉴 틈 없는 일상을 살아가야 하는 아이들. 무엇이 그들로 하여금 그렇게 살도록 만들었는가. 누가 그들을 그렇게 살지 않으면 안 되게 부추겼는가. 사회와 학교, 가족마저도 그 혐의에서 자유롭지 못하다.

그들에게 숨통이 트일 만한 구멍 하나쯤은 있어야 할 터이다. 그것이 인형 구출이면 어떤가. 그들에게 어디 한 곳쯤 갈 곳이 있다는 건 얼마나 다행인가.

'퍼니랜드'는 거기에서 출발했다.

함께한 작가들

김유철

2009년 〈부산일보〉 신춘문예, 2010년 문학동네작가상을 수상했다. 장편으로
『사라다 햄버튼의 겨울』, 『레드』, 『레드 아일랜드』를 출간했으며 지금도 꾸준히
소설을 쓰고 있다.

김혜정

1996년 〈문화일보〉 신춘문예로 등단했다. 지은책으로 창작집 『복어가 배를 부풀
리는 까닭은』, 『바람의 집』, 『수상한 이웃』, 『영혼 박물관』 장편소설 『달의 문』』,
『독립명랑소녀』가 있다. 서라벌문학상 신인상, 출판문화진흥원 우수청소년저작
상, 송순문학상을 받았다.

박경희

1960년 경기도 양평에서 태어났다. 자연에서 뛰어놀던 힘으로 글을 쓰고 있다.
20여 년간 라디오 방송에서 구성작가 일을 했다. 2006년 한국방송프로듀서연
합회의 '한국방송라디오 부문 작가상'을 수상했다. 방송작가 생활을 하면서도
창작에 뜻을 두어 2002년 동서커피문학상 소설 부문에 당선되었고 2004년 〈월
간문학〉에 단편소설 「사루비아」로 등단했다.

현재, 탈북대안학교인 '하늘꿈 학교'에서 '책으로 만나는 인문학' 수업을 하고, 남산도서관 '청소년 문학교실' 글쓰기 지도를 하고 있다. 전국 중·고등학교에 저자 강연을 통해 독자와의 소통을 이뤄 나가고 있는 중이다. 지은 책으로는 『난민 소녀 리도희』, 『류명성 통일빵집』, 『고래 날다』, 『분홍 벽돌집』, 『엄마는 감자꽃 향기』, 『감자 오그랑죽』 들이 있다.

윤혜숙

한국콘텐츠진흥원 '원작소설창작과정'에 선정되었으며 제4회 한우리청소년문학상을 수상했다. 청소년 소설 『뽀이들이 온다』와 『밤의 화사들』을 썼고, 청소년테마소설집 『여섯 개의 배낭』, 『다시, 봄·봄』을, 청소년 소설로 읽는 한국 현대사 『광장에 서다』를 함께 썼다.

장 미

2012년에 청소년소설 「열다섯, 비밀의 방」으로 푸른문학상을 받으며 등단했고, 소설집 『맨해튼 바나나걸』을 냈다. 공동 작업한 『우리는 별일없이 산다』, 『여섯 개의 배낭』, 『이상한 나라의 앨리스들』 등도 있다. 동화와 청소년소설을 엉금엉금 써 나가고 있다.

정명섭

1973년 서울에서 태어났다. 대기업 샐러리맨과 커피를 만드는 바리스타를 거쳐서 현재는 전업 작가로 생활 중이다. 2006년 랜덤하우스에서 역사추리소설『적패1, 2』를 출간한 것을 시작으로 본격적인 작가 활동을 시작했다. 다양한 장르의 글을 쓰는 중이며 청소년 소설로는『쓰시마에서 온 소녀』,『아로, 직지를 찍는 아이』,『명탐정의 탄생』,『사라진 조우관』이 있다. 청소년테마소설집『안드로메다 소녀』에 단편「어른 되기 힘들다」를 수록했다. 2013년 제1회 직지소설문학상 최우수상을 수상했으며 2016년 제21회 〈부산국제영화제〉에서 NEW 크리에이터 상을 수상했다.

주원규

2009년부터 소설을 쓰기 시작했으며, 그와 비슷한 시기에 '학교 밖 아이들'이란 주제로 가출 청소년들과 함께하는 글쓰기, 글 읽기 모임을 시작했다.

지은 책으로 소설『열외인종 잔혹사』,『망루』,『기억의 문』청소년 소설로『아지트』,『주유천하 탐정기』에세이로『황홀하거나 불량하거나』,『힘내지 않아도 괜찮아』들이 있다.